Enrico Bernard

Mientras en Roma nevaba

(Hystryo)

Prefacio por

ROMANA CAPEK-HABEKOVIC

University of Michigan Emerita

Ann Arbor, Michigan

BeaT

© 2016 Enrico Bernard - All rirghts reserved
© 2019 BeaT entertainmentart
entertainmentart@gmx.net
Speicherstrasse 61 - Trogen - 9043 Switzerland
titulo original: *Hystryo, mentre a Roma fuori piove.*
Traducción al español para Beatrice Wick
ISBN paperback 9783038412366
ISBN ebook   9783038412373
ISBN hardcover 9783038412380

Hystryo: mientras en Roma nevaba

Prefacio por

ROMANA CAPEK-HABEKOVIC

University of Michigan Emerita
Ann Arbor, Michigan

La primera edición italiana de *Hystryo*, de Enrico Bernard, en 2018, generó elogios tanto de los críticos literarios como del público que esperaba con impaciencia la publicación de su nuevo libro. Quedaron cautivados por la *obra anterior*, que incluía obras poéticas y narrativas, ensayos, obras de teatro representadas en varios teatros italianos y en el extranjero, y películas basadas en sus guiones. Lo que distingue a Bernard de otros autores italianos contemporáneos no es solo su exitosa adopción de diferentes formas de arte, sino su estilo de escritura que no se ajusta a ningún movimiento y tendencia literaria pasada o presente, lo que lo convierte en una figura única e intrigante en el panorama cultural actual, a menudo trivial y orientado al consumo. Maricia Boggio comienza su reseña de *Hystryo* diciendo:

> *Prefacio de Es el comienzo de un relato imaginativo y soñador, a medio camino entre el Kafka de El proceso y el Dostoievskji de Las noches blancas, de un niño intelectual enamorado de los cuentos de los hermanos Grimm, a menudo con el paisaje nevado como telón de fondo.*

Este primer capítulo ya es completo en su estructura y en su voluntad de examinar el teatro en sus imprevedibles sorpresas. Pero otros surgirán de la imaginación de Enrico Bernard, falsamente como todas las afirmaciones que componen el recorrido teatral del protagonista. (*Crítica teatral*, 6 de mayo de 2020)

La estructura compositiva del libro es uno de sus elementos originales. Consta de dos partes: una historia y una obra de teatro. La primera narración trata de los acontecimientos que le han sucedido al protagonista principal, el Sr. XY, un viajante de comercio que se vio atrapado en un acontecimiento climático poco común: la tormenta de nieve de 2012 en Roma.

La ciudad, no acostumbrada a tales condiciones climáticas, detuvo todo el tráfico y cerró los lugares donde la gente suele reunirse. El Sr. XY, obligado a dejar su coche atascado entre otros, comenzó a caminar en busca de un refugio cálido. Siguió el camino turístico habitual pasando por las famosas calles, monumentos y fuentes. Al encontrar cafés y restaurantes cerrados, de repente se encontró con un teatro abierto. La realidad del clima gélido lo obligó a entrar en el teatro a pesar de su desdén por él: «No me gusta el teatro, porque me aburre» (p. 16). Al final de la primera parte de la historia, de un total de ocho, Bernard dirige su primera de sus muchas alocuciones directas a los lectores. Explica la razón de su uso del tiempo presente como medio para hacerles sentir el mismo trauma que aún le persigue después de sus angustiosas experiencias en el teatro. De esta manera, atrae a los lectores a la historia y los convierte en parte integral de la narración.

La obra está inteligentemente vinculada a la historia a través de *un apéndice*, y su contenido pone de manifiesto el objetivo del autor de motivar a los espectadores a ver su obra más allá de su calidad de entretenimiento y verla como un catalizador para iniciar cambios sociales en beneficio del hombre contemporáneo que perdió su identidad y se convirtió en un consumidor pasivo de productos mediocres que la cultura popular, la televisión, los medios de comunicación y las diferentes aplicaciones arrojan. El público en general ya no es capaz de diferenciar el valor real de cualquier arte de la producción sin valor que lo rodea. A pesar del intertexto filosófico de Bernard, la obra no renuncia a su ingrediente esencial: la comedia, transmitida a través de sus diálogos ingeniosos, juguetones, divertidos, paródicos, a menudo absurdos, irónicos y, a veces, sarcásticos.

El discurso narrativo de *Hystryo* es uno y el mismo, simultáneamente atemporal y temporal. El autor atribuye a los valores sociales tradicionales, que en su día fueron aceptables, el ser parámetros de un mundo civilizado, al tiempo que reconoce que están siendo rápida e inevitablemente reemplazados por otros cuestionables que, en lugar de fortalecer la individualidad y la creatividad de uno, lo reducen a una marioneta fácilmente manipulable para asumir diversas identidades. A pesar de la resistencia inicial del Sr. XY a convertirse en actor y dramaturgo: «Nunca quise ser actor ni dramaturgo», sucumbe al juego del Actor Delgado y Espigado con su vanidad e ingenuidad y asume ambos papeles (p. 127).

La trama de la historia y la obra tiene múltiples capas, no solo por el contenido polifacético de sus diálogos y referencias intertextuales a autores italianos y extranjeros conocidos, como Luigi Pirandello, Carlo Goldoni, Dario Fo, Franz Kafka, Arthur Miller y muchos otros. Debe su complejidad a la disolución de la frontera tradicional entre el escenario y el público, que permite a todos los presentes entrar y salir de diferentes escenas y, con ello, crea un efecto de teatro dentro del teatro basado en una *mise en abyme* que permite a los personajes representar ellos mismos una obra. Bernard ejecuta magistralmente la técnica teatral original de Ludvig Tieck y, al hacerlo, incita a todos los presentes a cuestionar su propia identidad y su papel más allá del momento presente. Pirandello se benefició ampliamente del invento de Tieck, al igual que los escritores modernos del antiteatro y del teatro del absurdo.

Los ecos del teatro del absurdo se entretejen a lo largo de *Hystryo*, principalmente a través de personajes atrapados en situaciones impredecibles y dialogando en un lenguaje plagado de juegos de palabras a menudo difíciles de descifrar, lo que conduce a una comunicación fallida. Un ejemplo ilustrativo del estilo de lo absurdo de Bernard es una conversación entre el Sr. XXX y Celestine en una escena de la obra en la que el Sr. XXX quiere comprar la sombra de Celestine porque es «excepcional» (p. 179). Cuando Celestina cuestiona su intención: «¿No te basta con tu gorda sombra burguesa?», el Sr. XXX responde jactanciosamente: «Tengo el bolsillo lleno de sombras, una más hermosa que la otra. Ninguna tiene precio suficiente» (p. 180). La interjección del autor de lo absurdo en su narrativa difiere de su uso por autores como Eugene Ionesco, Samuel Beckett y Arthur Adamov, por mencionar solo algunos, porque su discurso no pierde el contacto con la realidad, como se demuestra en el texto antes citado, mientras que los dramaturgos del teatro del absurdo se rigen por su definición establecida que requiere una destrucción de la realidad.

El análisis textual del discurso de Bernard revela su amplio uso de recursos metateatrales en la forma del narrador en primera persona y de la dirección directa de los protagonistas de la obra al público, la referencia al papel de los actores, los dramaturgos y el teatro en general dentro del panorama cultural de la sociedad. El siguiente texto ejemplifica la afinidad del autor por la narración polifacética: «Entonces, la joven acompaña al hombre, que sería yo, a otro asiento, en otra audiencia, que aparece en el escenario, sección por sección, en el teatro en el que me encuentro ahora. Todo parece la magia de las cajas chinas: una dentro de otra, dentro de otra, y así sucesivamente» (p. 37). Esta propiedad textual le permite desligarse de los movimientos y tendencias literarias establecidas, ganando así libertad de expresión y evitando el estancamiento estilístico.

Página tras página, Bernard infunde a su texto un humor y una alegría irresistible que provienen de la adopción por parte de su personaje de la comedia física y de los diálogos de doble sentido que añaden una dimensión, profundidad y réplica adicionales a la trama. Jugando con antónimos como realidad/ilusión, mentiras/verdades, bueno/malo y conciencia/inconsciencia, crea una narrativa que pone patas arriba las normas sociales (*mundus inversus*) y con ello atrae a su lector a un mundo compartido en el quid de la auto-reconstrucción o la autodestrucción. La alegría de sus diálogos no inhibe su componente filosófico; así, eleva sus ideas a un nivel universal. El Sr. XY, el larguirucho actor principal, la traviesa señorita enmascarada, el gran crítico, el abogado del espectáculo, así como otros personajes con nombre y sin nombre de *Hystryo*, rebotan unos contra otros con los antónimos antes mencionados, creando un caos lúdico y haciendo reír a carcajadas al lector. La comprensión de Bernard de la complejidad de la naturaleza humana da a sus protagonistas identidades estratificadas con las que los espectadores pueden identificarse y, por tanto, reírse de sí mismos.

Hystryo es una novela que engancha y capta la atención del lector por su complejidad y originalidad. Se define por su discurso narrativo contaminado con auténticos recursos estilísticos, un humor sin restricciones, una dinámica textual explosiva y la visión crítica de Bernard de la cultura contemporánea envuelta en la mediocridad y la indiferencia hacia el estado de cosas circundante que continúa cosificando al hombre en lugar de asignarle el papel principal dentro de la sociedad. Al final de la historia, el Sr. XY cae presa de su ingenuidad y de la astucia del grupo de teatro ambulante que le roba tanto sus propiedades intelectuales como personales.

En el mundo actual de ideologías en conflicto, superficialidad de la cultura popular y alienación de los valores tradicionales, *Hystryo* nos recuerda que la literatura y el arte comprometidos pueden revertir ese peligroso rumbo.

1.

El invierno de 2012 será recordado en Roma por la extraordinaria nevada que paralizó la ciudad y la sumió en el caos más absoluto. Un verdadero infierno blanco.

Yo también me quedé atrapado en medio del tráfico. ¡Ay! Via Nazionale se había convertido en una pista de esquí en la que los coches y autobuses parecían eslalomistas borrachos que se ponían de través obstruyendo el paso a los escasos vehículos con equipamiento de invierno, neumáticos de nieve o cadenas que casi ningún automovilista romano tiene.

Después de una larga espera a que algo se moviera, a que llegara un quitanieves de quién sabe dónde y cómo para salvarnos, decidí aparcar en un espacio libre al borde de la carretera, tal vez un sitio reservado (¡pero sinceramente no era el momento de preocuparse por una posible multa!) y continuar a pie hacia el centro. La Fontana di Trevi bajo una copiosa nevada, con el mármol blanco de la estatua del *Océano* de Salvi blanqueado como un iceberg y el agua azul helada de la mítica fuente en la que se sumergió la igualmente escultural y rubia Anita Ekberg gritando *¡Marcelooo!,* es decir, la *La dolce vita* de Fellini, no es un espectáculo que se admire todos los días. Así que al menos tenía la oportunidad de disfrutar de toda la magia del extraño fenómeno atmosférico en estas latitudes. Así que traté de animarme, a pesar de que los mocasines ya estaban completamente empapados y las puntas de los pies congeladas. De todos modos, volvería a recoger el coche cuando la emergencia se resolviera de alguna manera.

Así que hice mi recorrido turístico tomando algunas fotos de una Roma inusual, menos ruidosa, amortiguada como una metrópolis americana de las películas navideñas, donde el ruido de fondo del *ajetreo diario*, de las bocinas y los frenazos, de las sirenas de la policía y las ambulancias, llega amortiguado por un manto blanco que aumenta a simple vista como nata montada. Qué espectáculo la majestuosa escalinata de Trinità dei Monti en la Piazza di Spagna convertida en una pista de bobsleigh donde algunos alumnos, hijos de la Roma bien, recién salidos del colegio De Merode, en lugar de seguir las instrucciones de la dirección de precipitarse a refugiarse en casa, improvisaron una carrera de descenso utilizando como trineos unos cartones de una famosa boutique de Via Condotti. El encanto de los copos que llenaban el cielo de confeti blancos dio paso de repente en mi imaginación a un pensamiento menos alegre y más *políticamente correcto*: ¿qué habrían hecho, dónde se habrían refugiado del frío los numerosos vagabundos que deambulaban como espectros por el centro de Roma? Me topé con un grupito de estos pobres desamparados de mejillas moradas y ropa desaliñada, cargados con cajas o pesados baúles atados con cuerda, maletas, dirigiéndose hacia la única posibilidad de refugio, la galería que lleva el nombre del gran Alberto Sordi, el protagonista de muchas películas maestras de la comedia italiana, como *Un americano en Roma,* en Via del Corso. *El lugar* que en su día se llamó Galería Colonna porque daba a la plaza homónima de la columna de Marco Aurelio, donde están inmortalizadas las conquistas del águila imperial, símbolo de la antigua Roma. S.P.Q.R. es el acrónimo tallado en mármol: significa *Senatus Popolusque Romanus*, transformado de manera más jocosa por algún broma, o tal vez por el mítico y eterno enemigo de Roma, el galo Astérix, en un burlón *¡Son unos cerdos estos romanos!*

Dejando a un lado *De bello gallico*, la Ciudad Eterna bajo la nieve se me presentaba extraordinariamente fascinante, inusual: ¡qué belleza!, ¡qué esplendor!, ¡qué atmósferas!, ¡qué *selfies* me hacía! Sí, ¡pero cuántos problemas! Así me vinieron a la mente las palabras del esclavo rebelde Espartaco en la película de Kubrik: *Roma es un infierno, pero si no existiera, la soñaría.* Entre paréntesis, volviendo a épocas antiguas: ¡quién sabe cuánta gente pobre, plebeyos, esclavos, libertos, mujeres, ancianos y niños murieron de frío en esta ciudad que hace dos mil años atravesó un período climático extremadamente riguroso!

De repente, me invadió un escalofrío. Había oscurecido rápidamente y la nevada, un fenómeno atmosférico, repito, absolutamente excepcional en estas latitudes, en lugar de disminuir, se intensificó hasta convertirse en una tormenta en toda regla. Además, se había formado una gruesa capa de hielo debido a la brusca caída de la temperatura, lo que me hizo perder toda esperanza de poder volver a poner en marcha el coche: ¡la paralización ya estaba causada por una capa de nata montada, imagínate con el hielo!

Desde Via Capo le Case salí a Via del Tritone, que crucé sin esperar ni siquiera a que se pusiera en verde el semáforo para peatones, ya que, precisamente, ya no había nadie caminando por la calle: los autobuses sin cadenas parecían cetáceos varados y los vehículos habían apagado los motores después de haberse agitado en vano resbalando y tratando de escabullirse como sardinas en la red... ¿qué hacer entonces? ¿Dónde pasar unas horas al calor esperando, quién sabe, un milagro, un rayo de sol? ¿Una mejora meteorológica? Las tiendas y los bares habían cerrado a toda prisa en cuanto quedó claro que la nevada se estaba transformando, o mejor dicho, ya se había manifestado como una catástrofe a medias. Y digo «*media*» solo porque no quiero exagerar. El hecho es que muchos ciudadanos se habían lanzado a las calles para regresar a casa antes de que el tráfico se paralizara. Pero solo unos pocos afortunados, los primeros en evacuar el centro a tiempo, habían podido evitar el infierno blanco. ¡Nosotros, como muchos otros, ya éramos prisioneros! Quién sabe por cuánto tiempo.

¡Ánimo! En Roma, me dije engañándome como un navegante solitario en el mar en tempestad frente al Cabo de Buena Esperanza, ¡el nieve no puede durar una eternidad! ¡Tendrá que parar tarde o temprano! Y, sin embargo, la nevada parecía no querer terminar nunca: lejos de ser una tormenta, estaba tomando la forma de un verdadero monstruo meteorológico digno de la cima del Everest. Había, por tanto, muchas razones para desesperar, no digo en cuanto a la salvación, pero al menos en cuanto a la ayuda de alguien encargado de la seguridad de las personas. Pero en una ciudad destrozada por la nieve, trastornada por el hielo, bloqueada y al borde del colapso, sin preparación para afrontar la situación que cualquier capital del norte de Europa habría resuelto tal vez sin tantos problemas, me sentí abandonado a mi suerte como un hombre de las cavernas durante la Edad del hielo.

Por suerte, pero en breve diré qué suerte burlona resultó ser, vi luces al final de la Via della Mercede, detrás de la Plaza de España. Bueno, podría tratarse de un bar o un restaurante que milagrosamente ha permanecido abierto. Suspiré aliviado. Un té caliente o una taza de chocolate caliente me habrían reanimado y, en cierto modo, hecho menos pesada la espera. Aceleré el paso arrastrando los pies en la capa que ya me llegaba casi hasta la rodilla.

Pero grande fue mi decepción cuando la ilusión se reveló en toda su triste y lúgubre verdad: ¡un teatro!

¡Qué mierda! Seamos sinceros: no me gusta el teatro, porque me aburro. Es un tema largo sobre el que prefiero no hablar, tengo mis buenas razones y malos recuerdos para odiarlo: horas de aburrimiento desde la época del instituto, cuando tocaba encerrarse en alguna sala de la parroquia para luego discutir, analizar y parafrasear en clase la obra de un Shakespeare, un Goldoni o un Moliere. Ahora, por ironías del destino, precisamente el templo de la musa Melpómene me ofrecía refugio en medio de la tormenta. Dada la emergencia, no me quedó más remedio que hacer buena cara y meterme en el *vestíbulo*.

A partir de este momento, una pequeña nota para los lectores, prefiero pasar a tiempo presente, ya que la historia que sigue me ha dejado en mi interior, en mi psique, marcas indelebles como una película demasiado sangrienta para los ojos de un niño. Por lo tanto, prefiero actualizar la narración transportándome de la memoria de lo que he pasado a la experiencia directa, para que todos participen del escalofrío que todavía siento correr por mi piel.

2.

La chica de la *taquilla del cine* levanta el rostro con desgana del crucigrama que no consigue terminar y me mira resoplando, no sé si porque represento una aburrida distracción de su pasatiempo o si va en busca de una pista para las últimas casillas que le quedan por rellenar.

- ¿Lo contrario de Roma? - me pregunta de improviso sin dejarme entender. - Solo me falta la última palabra para terminar. Lo contrario de Roma, cuatro letras. -

- Ah - me toco la frente - ¿se refiere al anagrama? -

- Sí, bueno, la palabra al revés, no me tome por tonta. -

- Reflexione. Es sencillo. -

- Seré simple para usted. Pero no para mí, que llevo dos horas sentada aquí en el púlpito sin ver un alma. Es la primera persona que veo desde la hora del almuerzo, ¡mire hasta aquí, lo he hecho todo sola! -

- Muy bien - la felicito con una sonrisa complaciente que ella, sin embargo, malinterpreta. - ¿No será tal vez... *amor?* -

- ¡Está yendo demasiado rápido! -

- Me refería al anagrama de Roma, que es precisamente *amor.*-

- Roma... *amor*, exacto, ¡qué tonta por no haberlo pensado antes! Cuatro letras, encaja perfectamente. -

- Claro que encaja - murmuro, sospechando que en el fondo tiene razón al llamarse tonta o estúpida, ¡claro que no me parece una cima!

Después de rellenar rápidamente las casillas blancas, cierra la revista de pasatiempos y finalmente se ilumina con una hermosa sonrisa llena de satisfacción. Y, como si me viera ahora, me saluda cordialmente:

- ¡Buenas tardes, señor! -

Bueno, ¡podría haberle respondido simplemente con un ceremonioso *buenas tardes!* En cambio, me meto en problemas provocándola:

- ¡Gracias por el «señor»!

- ¿Por qué, no lo es? - se oscurece un poco.

- Ahora tengo el pelo escaso... y los pocos que me quedan, bueno, también son blancos... así que creo que soy un trimetálico, como se decía en mis tiempos: ¡dientes de oro, pelo de plata y... ya nos entendemos, de plomo! - le quito hierro al asunto y consigo que vuelva a sonreír.

- ¡Apuesto a que siempre le gusta bromear! -

- Y bromeando bromeando - insinúo - decir también alguna verdad... Por desgracia, la edad avanza. Uno todavía se siente lleno de fuerzas y joven, pero querida señorita, la prueba del espejo es despiadada. -

- Tonterías. Usted es un hombre guapo, no se tire así de fácil.

- Sin esperar una respuesta por mi parte, como si quisiera cambiar de tema sin dejarme tiempo para disfrutar de la miel que para mis oídos encierran sus palabras, que podrían llevarme demasiado lejos en el camino de mi ferviente imaginación erótica, pasa a un tono profesional: - Entonces, dígame: ¿cómo puedo serle útil? -

La pregunta me toma por sorpresa. Miro a mi alrededor buscando la respuesta a una pregunta que comienza a asombrarme en mi mente: ¿es esto un teatro? ¿O he llegado a una especie de casa de citas? Sí, lo sé, dicen que después de la ley Merlin se cerraron, es decir, se prohibieron. Pero en Roma, no en vano su anagrama *Amor (amor)* es un himno a la alegría de vivir, no se puede saber por qué puerta se entra, tal vez por error. Intento informarme fingiendo no tener sospechas.

- ¿Hay espectáculo esta noche? - me limito a preguntar.

Me mira como si fuera un pez fuera del agua, por un momento temo que me digan que me he equivocado de dirección. En cambio, es ella la que se sorprende de mi pregunta:

- ¿Y por qué no debería haberla, perdón? Si es un teatro con letrero luminoso y cartel, tendrá que haber una función, ¿no?- Suspiro aliviado. Nada de prostíbulo, nada de burdel. La chica no está allí, como solía estar en tiempos de mi padre o tal vez incluso de mi abuelo, para dirigir a los clientes a las trabajadoras sexuales según sus preferencias eróticas. Por desgracia para mí (me disculpo, pero esto *por desgracia* me salió realmente impulsivamente, como un impulso irrefrenable de mi machismo que a menudo, ay, se convierte en trivialidad) se trata de un teatro muy aburrido en el que se representan polpettoni que hay que evitar a toda costa para no caer muerto del sueño.

- ¿Me ha oído? - insiste - ¿Por qué cree que el espectáculo no debería celebrarse? -

- ¡Pero por el nieve! - creo que digo algo obvio.

En cambio, ella frunce el ceño: - ¿Nieve?

- Sí, querida, está nevando fuera, la ciudad está paralizada. -

- ¡Nieve en Roma! Extraño, muy extraño - casi no cree mis palabras y mira a través del cristal de la entrada.

- Extraño pero cierto. Ahora habrá al menos quince o veinte centímetros... -

- Oh, Dios mío - exclama de repente - ¡Estaba tan distraída que no me di cuenta de que empezaba a ponerse serio! Vi caer los primeros copos, ¡pero pensé que no se quedaría! -

- ¡Y en cambio se quedó, y cómo se quedó! -

- Quién sabe qué lío se habrá desatado en las calles. -

- Ni te lo imaginas. Por eso estoy aquí. -

- ¿Para ver nuestro espectáculo? -

- No, para ser sincero, para encontrar refugio y esperar a que pase la tormenta de nieve y todo lo que conlleva, el tráfico bloqueado, los coches averiados, los autobuses que derrapan a la derecha y se pierden sin cadenas, en definitiva, esperar en un lugar cálido a que se resuelva la situación - digo de un tirón, casi temiendo una reacción de enfado por su parte.

En cambio, nada, me concede otra sonrisa para expresarme comprensión: - El teatro también sirve para esto, querido señor, para dar cobijo en tiempos oscuros, es como una iglesia donde los mendigos buscan protegerse del frío. -

- Entonces, ¿haréis el espectáculo? - insisto.

- Por supuesto, faltaría más -me asegura. - No será un poco de nieve... Pero, vaya, cuánta está cayendo... En cualquier caso, puede estar seguro de que el circo de los cómicos no se detiene ante nada. A menos que... - y aquí se bloquea insinuándome una duda atroz.

- ¿A menos que qué? - le pregunto preocupado.

- A menos que usted sea el único espectador. En ese caso, lamentablemente tendremos que posponer la representación hasta una fecha por determinar. Pero no se preocupe, tendrá su *rain check*. -

- ¿Mi qué? - No lo entiendo, entre otras cosas porque no se me dan muy bien los idiomas extranjeros.

- Es un término técnico en inglés, significa un boleto para la próxima representación. En Estados Unidos se usa cuando llueve en un concierto al aire libre y hay que posponer la actuación: *rain (lluvia)* significa «lluvia» y *check* significa... boleto, creo. O algo así, no estoy segura. -

- Bueno, entonces dígame, ¿cómo está la situación con respecto al público? -

- La situación es que tendrá que tener paciencia para esperar a que aparezca al menos otro espectador. -

La cuestión me intriga bastante: - ¿Para uno no hay espectáculo y para dos sí? ¿Quizás - insinúo torpemente - para tener un mínimo de público de pago y así recuperar al menos parte de los gastos? -

He sido un maleducado, lo sé. Incluso mi tono de voz ha contribuido a resaltar un sarcasmo incontenible. Ella percibe mi irritación y, a su vez, se enfada: - No, querido señor, no es una cuestión de dinero, o al menos no solo de dinero. Es una cuestión de principios. -

Aparte del hecho de que este «señor» repetido y acentuado empieza a oler a burla, no me queda más remedio que intentar cerrar la discusión que amenaza con desembocar en una disputa.

- Si usted lo dice... - añado para cerrar el tema. Pero ella, en cambio, no tiene intención de rendirse y sigue intentando atraparme como un testigo de Jehová que encuentra a alguien dispuesto a dialogar. ¡Nunca inicies un diálogo ni intentes convencer a un testigo de Jehová! Y la misma regla, queridos amigos lectores, también se aplica a los teatreros que solo buscan pobres idiotas (como yo) dispuestos a escucharlos, quieran o no.

Cierre de paréntesis.

- Verá, si fuera cine no tendríamos estos problemas. Se inicia la película y cada uno ve lo que quiere ver. En la oscuridad de la sala de cine, incluso un solo espectador solitario, perdone el pleonasmo - uhm, creo, ¡la discusión se complica! - puede disfrutar del cine sin ser molestado... Pero el teatro, querido señor -¡y dale con este señor!-, es un hecho, o mejor dicho, un acto social. Y necesita un público que sepa que es un público, es decir, una comunidad reunida. Y para formar este público, esta comunidad, se necesitan al menos dos espectadores, uno es usted... luego no sé.

- Bueno, entonces esperaré a que llegue otro, además de mí. Pero con esta situación meteorológica, con el tráfico bloqueado, será muy difícil que haya por ahí algún otro loco como yo que decida ir al teatro. -
- ¿Por qué loco? ¿No podría ser cualquiera que, como usted, va en busca de refugio? Nunca hay que desesperar en nuestro oficio, ¡las sorpresas, positivas y negativas, siempre están a la vuelta de la esquina! -
- Podría ser, uhm... - admito lacónicamente sin añadir ese *pero...* que se me queda en la punta de la lengua con los tres puntos suspensivos que representan la sacrosanta duda.
Me corto la lengua y evito pronunciar esa última palabrita que me quemaba la garganta y el corazón (repito: ¡qué rollo!); también porque ella, intuyendo lo que quería y estaba a punto de añadir, se levanta de un salto sobre las tablas del taburete para sobrepasarme, espléndida Juno, unos treinta centímetros. Me mira de arriba abajo con una mirada tan sombría que me siento como Ulises, alias Nadie, frente a Polifemo, ¡nada que ver con la sensual diosa del Olimpo! En este caso, sin embargo, tengo mucha más suerte que el héroe homérico, ya que la gracia de la Venus de Botticelli de la dulce doncella en la caja es inversamente proporcional a la tosquedad del gigante devorador de cristianos de la obra maestra clásica. Un trazo de lápiz negro dibuja una fina línea sobre los párpados para resaltar los ojos, tan oscuros como el alquitrán, pero brillantes en contraste con la tez diáfana. De mis vagos recuerdos literarios de la época del instituto, extraigo la descripción verghiana del personaje de la Loba. Una melena tupida y rizada, también más negra que el volcán, le da el aspecto de un can barbon mefistofelico, es decir, la apariencia bajo la cual el diablo se le apareció al doctor Fausto después de que este pronunciara la fórmula del famoso pacto. Sin embargo, su

boca carnosa y ardiente como una rosa roja recién abierta que se abre en una sonrisa deslumbrante en su blancura hace que su aspecto sea más delicado y sensual, como el de una criatura recién salida de un misterioso Edén.

Por suerte, no se da cuenta, o finge no darse cuenta, de mi mirada atraída magnéticamente por el surco de sus pechos turgentes que me sugieren la imagen de la alegría de un recién nacido en su primera toma.

También cierro esta breve paréntesis.

- Solo un loco - rompo el hechizo - puede ir al teatro en una noche tan loca como esta. -

- ¡Incluso un trueno! ¿No le parece que está exagerando? - minimiza. - Admito, sin embargo, que no he escuchado las noticias. Llevo toda la tarde sumergida en adivinanzas, crucigramas, acertijos, ¡creo que los he resuelto prácticamente todos! Mira, se me ha acabado la revista... - Al decir esto, me muestra bajo la nariz un pequeño libro en blanco y negro lleno de signos y palabras cuyo significado no entiendo a primera vista. - ¿Puedo hacerle una pregunta? - añade bajando del taburete y acercándose a mi altura.

- Por favor. -

- Usted ha dicho que solo un loco puede ir al teatro con este tiempo. -

- ¿Y bien? - Me impaciento.

- Pues nosotros, en concreto usted y yo, ya estamos en el teatro. Y si nuestro «loco», nuestro espectador en camino - y subraya el término entrecomillándolo con dos dedos - viniera y no fuera, ya que nosotros ya estamos, precisamente, en el teatro. Por lo tanto, la frase «ir a» debería decirse mejor sintácticamente «venir a», es decir, hacia nosotros. ¿Lo he dicho bien?

- Lo ha dicho muy bien. Solo que si este bendito espectador no va o no viene al teatro esta noche, si he entendido bien, la función no podrá tener lugar, a pesar de que yo esté allí como único espectador de pago. ¿Verdad?

Asiente. Echo otro vistazo furtivo a su generoso escote para refrescar la memoria, la dulce visión me deja sin aliento por unos instantes. Con un golpe de tos, tal vez para aclararse la voz o tal vez para quitarse la vergüenza de la situación, me devuelve al espacio-tiempo del «aquí y ahora», mientras fuera nieva, la ciudad está cada vez más paralizada.

- No se preocupe, él siempre tiene este efecto - me distrae de mis pensamientos sensuales, o casi eróticos para ser sincero, volviendo detrás de la caja con un par de pasos felpados y un movimiento felino de las nalgas perfectamente moldeadas en la forma de la caja firme, lisa y redondeada de una mandolina. ¿Él quién? me pregunto. ¿El pecho? ¿Su delicioso trasero?

- ¡¿Pero en qué está pensando?! - me regaña como si me hubiera leído la mente. - ¡Él, me refiero al teatro!, siempre tiene este efecto de extrañeza cuando vas o vienes, en fin, cuando lo frecuentas por primera vez. -

- Lo siento mucho, señorita. Aparte del hecho de que he ido al teatro, no recuerdo cuándo, pero ya he ido o he venido, al menos he estado allí un par de veces. Pero aún no he entrado en la sala, la representación no ha comenzado, aún tengo que comprar la entrada, así que no puede hacerme ese efecto de... ¿cómo lo ha llamado? Ah, sí, de extrañeza. Estoy hablando con usted aquí, delante de la taquilla o como lo llamáis vosotros los del oficio: la ventanilla. Y estoy aquí más por desesperación que por ver una obra, ¿sabe? Porque mi coche está atascado en algún lugar ahí fuera, el bar de la esquina está cerrado, las aceras son impracticables por la capa de nieve y, por lo tanto, no puedo llegar a otro local, a un cine o a un restaurante. Me he metido aquí por pura casualidad, solo porque estáis abiertos. Y estoy dispuesto a quedarme, siempre y cuando la función se haga tarde o temprano.

- No se preocupe -suspira-, lo entenderá en su momento. -

- ¿Pero qué debería entender? - me pongo nervioso.

- Que, como dice Shakespeare, hay muchas más cosas en el cielo de las que puede imaginar con su filosofía. -

- Yo no tengo ninguna filosofía - empiezo a impacientarme. - Ese es precisamente el problema. Ninguna filosofía, ninguna *Weltanschauung,* que sería una visión del mundo: Nada; cero absoluto. Pero el teatro le dará una. Una idea, un concepto, una opinión. -

- Ah - ironizo - ¿por eso se paga la entrada? -

- Por supuesto - dice ella cruzando las piernas sobre el taburete para mostrarme un atisbo estremecedor a través de la abertura de la falda ajustada. Por no hablar de las botas de amazona que me hacen fantasear con un furioso paseo a dos. Tengo que esforzarme por no ceder a la tentación de la bestia interior despertada por tales señales de alarma que querría lanzarse al galope, por decirlo con una sabrosa metáfora.

Solo me pregunto una cosa: ¿tendrá ella también sus buenas elucubraciones eróticas, por ejemplo provocarme, o maneja con tanta ingenuidad la carga eléctrica, magnética, de su cuerpo que ni siquiera intuye las sacudidas que provoca con esos gestos aparentemente inocentes, como ponerse la punta del lápiz entre los labios, humedeciéndolo... Ya basta, cuando es demasiado es demasiado, me dirijo al tablón de anuncios fingiendo estar interesado en un artículo de periódico, probablemente una reseña del espectáculo, sujeta con dos alfileres de cabeza roja... igual que el esmalte de las largas y cuidadas uñas de la chica.

- ¡Qué frío! - exclama como si alguien hubiera abierto de par en par la puerta de cristal para dejar entrar un viento directamente del Polo.

- A veces aquí dentro me siento como una hawaiana en la cima del Everest... ya sabes, me encanta el calor, la dulce calidez de las sábanas, de la cama... ¿me entiendes? -

Claro que te entiendo, pero prefiero pasar por alto.

- Una hawaiana en la cima del Everest... ¡qué fantasía! -

- En el teatro tenemos mucha - se justifica - nos sirve para superar momentos de crisis, como este. Aunque, a decir verdad, la crisis es para nosotros un estado normal, el día a día, debido a la ausencia de público, la competencia de los medios... Hablando de público, quién sabe cómo será el espectador que está por venir, es decir, por llegar. -

- Es usted optimista. ¿Cómo sabe que va a - busco la palabra exacta para no repetir el estribillo de ir o venir - a venir alguien? -

Suspira abriendo los brazos y los suntuosos conos de su pecho se inflan majestuosamente como símbolo de absoluta feminidad. Estoy aturdido, lo admito. ¡He terminado en el templo de una diosa!

- Lo siento, eso es todo. Porque, verá, aunque sea limitado, aunque sea restringido, aunque sea reducido a la mínima expresión o, como en nuestro caso, a lo estrictamente necesario, al mínimo sindical, siempre habrá alguien que venga o vaya al teatro. -

- Entonces, qué bueno que lo haga, el teatro. -

- Y también para usted - insinúa un concepto que no capto de inmediato.

- ¿Para mí? - me intriga.

- Claro, para usted. Porque si no conseguimos alcanzar el mínimo indispensable de dos espectadores para formar el público, la obra no se puede hacer, eso ya lo sabe. Pero no porque no queramos, sino porque sin la presencia de dos llamados «puntos de vista», cada uno consciente de su diferencia con el otro, falta el efecto de la «cuarta pared» indispensable para hacer teatro.

- ¿Y qué es esta «cuarta pared»? Disculpe, pero no soy del gremio. -

- Oh, Dios mío -su asombro es sincero-, ¡usted no sabe lo que es la «cuarta pared»! -

- No, ¿debería disculparme? Soy un ignorante en la materia. -

- ¿Nunca ha oído hablar de Stanislawski? -

- De Stravinsky sí, de este otro no me parece. -

- ¿El mayor teórico del teatro? -

- Ya le he dicho que no soy del sector. -

- Disculpe, pero ¿a qué se dedica usted? -

- ¿Yo? Me las arreglo como puedo, como hacen todos. -

- Sea más preciso. ¿A qué se dedica? -

- Soy representante de comercio. -

- Entonces hace teatro, eso es. -

- Me confunde con otra persona, recuerdo una obra de teatro que habla de alguien que hace mi trabajo, una historia triste. -

- *Muerte de un viajante* de Arthur Miller. El personaje se llama Willy Loman. -

- Eso es, precisamente, no soy yo - apelo a su sentido común.

- Sin embargo, el Loman de Miller también la representa a usted. Es decir, él también tiene que hacer una representación para vender los productos que representa. ¿Tengo razón? -

- En cierto modo, sí - asiento.

- Está obligado a interpretar el papel del vendedor honesto, es decir, adoptar estrategias de mercado, adaptarlas a las diferentes situaciones modificando el *argumento,* la trama, debe comunicar, convencer, ser creíble, es decir, en parte, hacer tiradas... -

- ¿Tiradas? -

- Es un término técnico, significa hacer monólogos excesivamente largos. -

- Claro, también pasa eso. -

- Y también tendrá un guion que respetar, aunque esté relacionado con su actividad. Le pondré un ejemplo. Cuando trata con los clientes, ya sabe qué decir al principio, cómo proceder en la demostración de la validez del producto, utilizando palabras que han resultado convincentes anteriormente... sigue, por tanto, un esquema, es decir, la dramaturgia, y una serie de frases que, a fuerza de repetirlas, ya se sabe de memoria... y estas serían las frases. -

La escuadra perpleja: - Esto se puede decir más o menos de cualquier profesión, querida. -

- Dice bien, ¿sabe? En nuestro país lo llamamos «el gran teatro del mundo». -

- De todos modos, el mío es un teatro que yo definiría más bien como «sui generis», y yo también me encuentro dibujando comillas en el aire.

Me mira fijamente durante unos instantes y luego se catapulta de nuevo desde el taburete.

- Pero volviendo al concepto de la «cuarta pared»... -

- No, por favor, ahórremelo. -

En realidad, solo quiero detener la inminente y molesta disquisición teórica, pero, evidentemente, mi tono de voz no resulta lo suficientemente perentorio. Ella avanza hacia mí, me apunta... Me digo: cuidado, ahora se te va a subir encima y (¡esperemos!) te va a violar... Mis pensamientos se confunden en un mar de percepciones ilusorias, perfumes inexistentes, aromas exóticos... En cambio, ella me esquiva, dejándome con los ojos entrecerrados esperando el beso de la princesa, y me encuentro saltando detrás de ella como la rana del cuento.

- Travieso - su exclamación suena como un reproche.

«Ya está, me ha descubierto, me ha leído el pensamiento, he hecho el ridículo y balbuceo algo para justificarme: - Se me ha metido algo en el ojo... no quisiera que pensara mal, ¡jamás me permitiría! -

- Pero no, ¿qué se cree, por qué iba a sospechar de usted, no soy tan maliciosa. *El travieso* es el título de nuestro espectáculo. -

- Me alegro. Entré a toda prisa sin leer el título del cartel. -

- Sin embargo, el hecho es - su tono se vuelve extrañamente inquisitivo - que usted ha confundido el título de la comedia con un hecho personal - al decir esto, extiende con un brazo el telón de la entrada de la sala para que me siente. - ¿Y sabe por qué pudo ocurrir el malentendido? Porque entre nosotros falta la «cuarta pared» que intentaba explicarle. -

- ¿Falta porque se ha caído? -

- Falta porque nunca ha existido... por favor, siéntese, su asiento es el número siete de la séptima fila. Le acompaño. -

- No es necesario. Séptima fila, séptimo asiento. ¿Y los demás?-

- ¿Cómo los demás? ¿Qué otros? -

- Si me asigna un asiento y tengo que sentarme justo ahí, bueno, significa que los otros asientos estarán reservados y que deben venir otros espectadores. Me parece lógico. -

- ¿Le parece lógico que en Roma haya un metro de nieve? -

- ¿Ya tenemos un metro? -

- Cada vez cae más. -

- ¿Entonces no vendrá nadie más? -

- Probablemente no. -

- Entonces, ¿qué hacemos? ¿No hay espectáculo? -

- Disculpe, ¿qué le dije hace un momento? -

- Que para hacer el espectáculo, es decir, para conseguir el efecto de la «cuarta pared», se necesitan al menos dos espectadores en la sala. -

- Bravo. -

- Pero yo soy solo uno - objeté.

- ¿Y yo, según usted, qué hago aquí? -

- ¿La cajera de la taquilla? -

- Agua - dice ella con el tono de quien quiere jugar a *adivinar adivinanzas.*

- ¿La máscara que lleva la gente a los asientos? -

- Agua - repite.

- ¿La dama de compañía? - provoqué.

- Fuochino - admite ella sentándose a mi lado.

El olor a mujer, una mezcla de sudor dulzón y alguna esencia de marca, me hace subir la sangre a la cabeza de nuevo y yo también me enciendo al repetir estúpidamente ese término como una fórmula mágica: - Sí, fuochino, pero ¿fuochino qué?-

- No seré su dama de compañía, pero siempre puedo ayudarla a establecer una relación justa entre usted, la realidad representada y la representación de la realidad. -

- ¿Qué es esto, una broma? ¿Quiere tomarme el pelo? -

- Al contrario - observa con convicción - quiero tomarla en serio, por eso me siento a su lado formando la triangulación necesaria para provocar el efecto teatro de... dígalo usted. -

- ... de la «cuarta pared» - repito la lección de hace un momento.

- ¡Bravo! -

Antes de que pueda agradecer o corresponder a la apreciación, se apagan las luces y se oye volar en el aire un *¡sssst!* No sabría decir de quién, si no es de un espectador fantasma. ¡Misterio! ¡Presencia arcana! O más bien de alguien que se está preparando para entrar en escena. De hecho, el telón de tela roja se abre lentamente y revela una escena extremadamente pobre, nada más que una silla, o más bien un taburete... Pero es el mismo taburete, es decir, el taburete en el que estaba sentada ella, la chica que ahora está sentada a mi lado y que abre los ojos y la boca con asombro, quién sabe por qué, como si estuviera asistiendo a una maravilla escenográfica.

En este punto, sin embargo, me llega la sorpresa como un puñetazo en el estómago. He aquí que entra en escena un señor, pero no un señor cualquiera, caramba, lo reconozco: ese señor de modales torpes y vacilantes soy yo y... Otra sorpresa de la Pascua de este teatro, al otro lado del telón entra en escena una mujer joven, la misma chica que está sentada a mi lado: ¡la cajera! Somos, o mejor dicho, son esos dos en el escenario parecidos a mí y a la chica que está sentada a mi lado, ambos vestidos de la misma manera, charlando de cosas y de otras. Susurran algo, me llegan al oído algunas palabras como «cuarta pared», espectador, espectáculo, teatro, nieve, mucha nieve. Luego la chica hace que el señor, que sería yo, se acomode en otra sala de teatro que se abre como por un mágico juego de cajas chinas en otro teatro igual al que estoy. Se sientan exactamente en la séptima fila, asientos número siete y ocho. Mientras tanto, en el escenario del otro teatro, entra en escena un tercer caballero igual al segundo, que es igual al primero, que luego sería yo. Luego una chica igual, ni que decir tiene, a las anteriores. Realizan las mismas acciones, los mismos gestos, entran a su vez en otro teatro.

Y se convierten, es decir, nos convertimos todos juntos en infinitos espectadores de infinitos teatros como copos de nieve.

¡Ahora entiendo por qué había decidido no volver a poner un pie en un teatro! Además, me produce un efecto extraño...

3.

\- ¿Se encuentra bien? -

La voz preocupada de la chica me despierta de un sopor que se ha apoderado de mi cuerpo paralizándome como un trozo de madera. Me sacudo para quitarme de encima los restos de lo que debe llamarse por su nombre: somnolencia. De hecho, este es el efecto deprimente que me produce el teatro: sufro de somnolencia crónica cuando escucho una voz que declama o, para ser más sincero y sin ofender a nadie, ¡que le ladra al luna! Por supuesto, me guardo el pensamiento y trato de salir del apuro con la primera excusa que se me ocurre:

\- No sé... no recuerdo... ¿dónde estamos? -

Espero una respuesta tranquila y amable de mi dulce acompañante, pero desde el escenario oigo una voz que me ataca, sí, a mí:

\- Estamos en el teatro, querido señor, ¿no se ha dado cuenta?-

Alzo la vista y casi me da un infarto al ver a un gigante desgarbado con un abrigo a lo hermanos Karamazov (o como *El idiota* de Dostjevskji, ¡pero en ese caso el idiota de turno sería yo!) que lanza fuego y llamas por los ojos y balbucea palabras que apenas entiendo, probablemente insultos en algún dialecto ostrogodo, padano, en fin, del norte. De pie en el escenario frente a mí, pobre espectador casi arrugado por el susto en un sillón de primera fila, parece querer comerme la cabeza usando mi cráneo como tazón.

\- ¿Está enfadada conmigo? - pregunto ingenuamente.

\- ¿Con quién si no? - ironiza, señalando con un amplio gesto de la mano a todo el público que, probablemente mientras yo dormía, ha llenado el teatro. - ¿No ve que los demás espectadores están atentos y en silencio, a diferencia de cómo se está comportando usted? -

- ¡Cuántas historias! Solo he echado una siesta... -
¡No debería haber pronunciado la palabra *siesta!*, solo con oírla nombrar da un grito como una bestia herida de muerte y comienza a saltar presa de un incontenible ataque de ira.
- ¡Siesta, lo llama siesta! ¡Por Dios, querido señor! - y traduce - ¡una locura! -
Intento justificarme diciendo que solo cerré los ojos un momento, eso es todo. ¿Qué hay de malo en eso? Pero en lugar de calmarlo, parece que mis palabras provocan en él un nuevo ataque de ira. Golpea el suelo con los pies y se desabrocha el abrigo para dejarlo caer torpemente en el escenario.
- ¿Lo ve? - me susurra la chica asustada - Le obligó a quitarse la máscara, a dejarla caer, en definitiva... a salir de su personaje... -
- ¿Yo? - me sorprendo.
- Sí, usted, precisamente usted, con su comportamiento absolutamente inadmisible. ¿Porque sabe lo que ha hecho? ¿De verdad quiere saberlo? Se lo diré: usted ha roto el hechizo, ha roto el flujo catártico entre la *dramatis persona* y el medio de la catarsis entre el público y el actor... -
- Disculpe, pero no entiendo nada de lo que está diciendo - empiezo a impacientarme de verdad.
- Y no me extraña - insiste el Flaco desde el escenario - que no entienda nada, ¡yo también he entendido que no entiende una mierda de arte dramática! Pero yo digo, ¿cómo se puede ir al teatro sin un mínimo de cultura teatral, sin una pizca de preparación, sin... sin una mierda, ¡perdón por el francesismo!-
- Oh, bueno - lo interrumpo finalmente decidido a hacerme oír - me está cabreando. Y si quiere saberlo, este cabreo lleva un tiempo, bueno, sí, desde que empezó a actuar

provocándome, ay, no escalofríos catárticos, sino un cierre de ojos irresistible. Es aburrida, dispara balas de pistola como una maestra de secundaria, ¡no me ha quedado en la cabeza ni una sola palabra de todo lo que ha dicho! -

Siento que la chica sentada a mi lado contiene la respiración temblando a la espera de la reacción del actor larguirucho en el escenario. En cambio, para mi sorpresa, confieso, porque yo también habría esperado un escándalo por su parte, parece calmarse y se dirige urbi et orbi como un papa rey, a todos los presentes.

- Aquí tienen, señores, el clásico ejemplo del espectador indisciplinado y desprevenido que obliga a los actores a interrumpir la representación debido a su comportamiento indecoroso. -

- Pero no diga tonterías, esta vez soy yo el que se está alterando, no he hecho nada de eso, solo un ligero golpe de sueño, eso es todo, por cierto, pasajero. -

- Señores míos - continúa dirigiéndose impávido a los espectadores que, en silencio y asustados, me miran como si fuera una bestia rara en un circo ecuestre - todos lo hemos oído, ¿verdad?, a este señor, roncar como Polifemo después de devorarse a los marineros de Ulises. Y como si no bastara con la aspiración gutural de su ronquido, añadía, este señor, ¿verdad?, un soplido nasal nada noble al exhalar que se acercaba a las notas altas de un silbido, ¡es decir, de un pito! Así que... - y empieza a rugir y a silbar intentando imitarme, para luego volver a dirigirse a mí: - ¿Le parece solo una siesta esto? Este es el motor de un *Messerschmidt* en picado, mi querido señor, ¿verdad? Y por si fuera poco, subrayo el «por si fuera poco», también se ha sentado en primera fila y me ha abierto de par en par su horrible cavidad bucal, un espectáculo devastador y absolutamente aniquilador para un comediante que lucha por concentrarse en la mímica.

Veo con el rabillo del ojo que todo el público me compadece asintiendo a las acusaciones y al anatema que me lanza el Histrion Desgarbado. El salón parece haberse transformado en un tribunal donde un presunto violador debería ser juzgado por un jurado compuesto únicamente por mujeres. Las cuales lo condenarían sin escapatoria y sin atenuantes por el solo hecho de pertenecer al sexo opuesto, corresponsable de género y machote impune, por tanto, aunque individual y personalmente inocente en el caso concreto del delito que se le imputa.

- Bueno, intentaré defenderme de la acusación de mi fiscal: la señorita que amablemente me acompañó al asiento y que ahora está sentada aquí a mi lado, podría haberme dado un golpe con el codo para despertarme, ¿no? -

- Y lo hizo, querido señor, y cómo lo hizo. Un golpe, dos golpes, tres golpes, pero ella nada, siguió roncando y silbando, ¡uf! silbando y roncando, interrumpiendo la representación hasta tal punto que, lo siento por los demás espectadores, no pude más. Y me vi obligado a parar. -

La señorita rompe el silencio en este punto y trata de explicarme bien la situación:

- Estimado señor, el teatro es un espacio de libertad. Un lugar donde hombres vivos hablan con otros hombres vivos. Una de las pocas «asambleas laicas» que nuestra sociedad aún posee y que protege, desde hace siglos, con unas pocas y sencillas reglas. La primera y más importante de todas, en mi opinión, radica en el respeto mutuo que el actor y el espectador acuerdan tácitamente al elegir libremente compartir la experiencia. El teatro es un lugar donde, afortunadamente, todavía es posible disentir y donde, por convención universal, esto se expresa al final de una representación, ya sea un espectáculo, un concierto, una ópera o una película. Una convención que, sin embargo, no impide que nadie se adelante a los resultados, es decir, que se levante y se vaya (pidiéndole al teatro que le reembolse la entrada) si lo que se muestra en el escenario está claramente en contradicción con sus expectativas, creencias, ideologías y gustos. El teatro es un espacio de libertad. ¿Estamos de acuerdo en esto?

- Hazlo tú - sacudo la cabeza.

- Muy bien. Entonces, también es un gesto de libertad, aunque doloroso, el de un actor que se ve obligado a interrumpir una representación para defender su trabajo y al público de quienes, evidentemente, ignoran todo esto o deciden conscientemente no tenerlo en cuenta. Si una persona decide asistir a un espectáculo que anuncia, a través del programa de sala, de comunicados de prensa, de entrevistas, de publicaciones en diferentes canales sociales, su tema en la puesta en escena de siete lecciones de teatro impartidas en 1940 por el gran actor francés Louis Jouvet sobre el monólogo de Donna Elvira en el cuarto acto de Don Giovanni de Molière, uno se imagina que sabe bien lo que le espera en el momento en que compra su entrada. Sin embargo, repito, su libertad aún persiste en la posibilidad de irse, de recuperar su dinero tan «imprudentemente» gastado, cuando lo que se muestra en escena no satisface su gusto o decepciona sus expectativas. -

- ¿Ah, sí? Pues sepa, querida señorita, que me iría encantado de este manicomio, si pudiera, si dejara de hacer el tiempo que hace. Pero no, tengo que quedarme aquí escondido y dejar que esta especie de circo ecuestre se burle de mí con un domador que me azota para hacerme saltar en el asiento como un chimpancé amaestrado, ¡uf! -

Mi queja, sin embargo, no surte ningún efecto. Al contrario, no me hace caso y continúa impertérrita con una sonrisita irónica pintada en los labios, como si esperara mi vehemente reacción y ya estuviera lista para pararme el golpe riéndose de mí, ¡la pérfida!

- Déjeme terminar, luego dirá lo suyo. -

- Ya lo he dicho, querida señorita, y Paganini, si me permite, ¿sabe lo que hace Paganini? -

- Lo sé, no lo repita. -

- Entonces, ya que lo sabe, déjeme en paz, no soy su hazmerreír, sino un espectador que paga y que también tendrá sus derechos, ¡habrá por ahí escrita una carta de derechos del espectador que mantiene su libre albedrío y libertad de juicio cuando el espectáculo lo deja dormido de piedra! -

- Nadie cuestiona sus derechos, pero le hago presente sus deberes. -

¿Y cuáles serían mis deberes según usted? ¿Los de tener que hacer siempre bocetos, como se dice en Roma, es decir, traduzco para los extranjeros, digerir todo sin reaccionar?

Toma aliento inflando su turgente pecho que, por la famosa ley del contrapunto dantesco, me quita el aliento. Me quedo boquiabierto como un bacalao, con la mirada fija en la ranura que me recuerda al valle del Edén, como si fuera Adán ante la desnuda Eva con un manzano cortado (¡otro romance digno de Rugantino!) en la mano. Sí, de hecho, me quedo colgado de sus labios... En sentido figurado, por supuesto, porque, sinceramente, admito que no son los labios lo que me atrae como el miel, sino los pechos turgentes que me ofrece con maliciosa ingenuidad, toda astucia femenina, ¡igual que hizo la primera pecadora con el primer pezón dispuesto a quedar atrapado en la historia de la humanidad de la que tratan las Sagradas Escrituras!

- ¡Derechos, libertad, que ella va a buscar! - me sacudo de la imagen celestial.

Estoy tan embobado por la dulce visión de esta dulcinea con el escote que por un momento interpreto sus palabras como una invitación a tomarme algunas libertades. E intento extender la mano, pero me detiene la ducha helada que me reserva el amargo destino. De hecho, la chica insiste en no dar ningún peso o significado a mi lento deslizamiento en el silloncito hacia sus rodillas. Y continúa como un tren en marcha.

- No es libertad, al contrario, sino un signo evidente de mala educación y falta de respeto hacia los semejantes, tanto en el escenario como en el patio de butacas, permanecer sentado en su asiento, incluso en primera fila, prácticamente «en los brazos y bajo los ojos» de los actores, y realizar durante todo el tiempo acciones inadecuadas, descorteses e incluso crueles como resoplar ostentosamente, dirigir expresiones de disgusto a los intérpretes o buscar varias veces el teléfono móvil en el bolso para leer la enésima publicación. Pero la reacción de nuestro gran actor no fue inmediata: resistió, por así decirlo, hasta la sexta lección (de las siete anunciadas en el texto) y luego le pidió, con cortés firmeza, que se sentara fuera: «No tengo nada contra usted, pero si no le gusta este espectáculo, como nos está demostrando desde los primeros compases, puede irse». Palabras que fueron luego subrayadas por un convencido aplauso del público, evidentemente consciente, como la que suscribe, de lo ocurrido. -
- ¿Se acabó la cháchara? - ¿Sí? Bueno, ahora me desato yo, bastante decepcionado por cómo van las cosas. - Sepa, señorita, que su comentario es tendencioso y parcial. Si un espectador aplaude o manifiesta su apoyo, entonces está bien. En caso contrario, se grita a la ofensa de la majestad. En

cuanto a su afirmación relativa al Gran Actor, pues, como gran profesional que es, debería haber pasado por encima y haber ido más allá, ¡en lugar de quedarse ahí contándome las caries en la boca! -

- Llamado de nuevo a la causa, el Histrión desgarbado se siente obligado a volver a la carga. - Podría haberme callado y haber continuado la tierna *conversación a solas* con mi vecina de asiento. ¡Qué pesado!

- Pero aquí no se trata de ofender a Su Majestad y debe permitirme replicar. -

- ¡No hay nada que hacer! - Me pongo nervioso. - Usted solo piensa en actuar, no en replicar a los espectadores broma tras broma. -

- Todos lo hemos visto, querido señor, cómo hundía las bolas de sus ojos en la ranura de esa pobre chica que está sentada a su lado. ¡Y también estaba a punto de meterle la mano en las rodillas! -

- ¿Cuándo? - Lo niego todo, aunque sé que en el fondo no se ha alejado mucho de la verdad. - Usted es solo un bufón que pontifica desde el escenario, pero dejará de pontificar cuando baje de ahí arriba. -

- ¿Y quién me hará parar, por favor, usted? Pero si ni siquiera tiene el valor de llevar a buen término sus *avances*, ¿cómo piensa que puede embaucarme? A ver. -

- Nada de avances... usted es un Bufón Espigado y maleducado, eso es. -

En este punto en la sala se oye un murmullo, se teme lo peor. ¿Llegaremos a las manos? Quizás sí, quizás nos hubiéramos peleado de verdad, yo y el Bufón Espigado: o yo habría subido al escenario para darle un puñetazo o él habría bajado para darme una bofetada. Ojo por ojo y diente por diente. Pero, me pregunto, ¿merece la pena pelearse? Entonces busco una artimaña para salir del conflicto sin dar la impresión de retirarme por miedo al enfrentamiento físico.

- Da las gracias al bello sexo presente en la sala... y a la señorita que tiene la bondad de acompañarme en esta desastrosa velada... y me callo... -

- ¡Hace bien en callarse, yo haré lo mismo, patán! - dice casi susurrando su última ofensa.

- ¡Descarado! - repito golpe a golpe, pero yo también cada vez más bajo como un trueno que se desvanece con la distancia a medida que el temporal se aleja.

La chica intenta devolver la calma.

- Le tengo respeto... pero, créame, el Nuestro no es un patán, no necesita miradas lánguidas ni notoriedad. Ya ha sucedido en el pasado que haya sido objeto de ataques desagradables y sin fundamento, y esto justifica un poco mi respuesta. Nada contra usted, faltaría más, pero... -

- Pero, ¿qué pasa? - vuelvo a ponerme tenso.

La señorita permanece tranquila, intercambia una mirada de complicidad con el Histrión desgarbado que se sienta en el borde del escenario con las piernas colgando como si quisiera iniciar una sentada de protesta o una forma de discusión colectiva.

- ¿Queremos saber qué piensan los demás? -

- ¿Los demás quiénes? ¿Quiénes son los demás? -

- Los demás espectadores, querido señor. También tienen derecho a opinar, ya que, por su culpa, me he visto obligado a interrumpir el espectáculo. -

- Oiga, antes que nada, ahórrese el «querido señor», que me huele mucho a toma por culo. En cuanto a esos fantasmales «otros», no sé de dónde han salido. Cuando llegué no estaban, ¡no!... y ni siquiera entraron conmigo en la sala. De hecho, ahora que lo pienso, no había nadie, excepto, por supuesto, el que suscribe y la amable señorita, ocupando los asientos cuando empezó el espectáculo. Que de lo contrario, sin nosotros dos para la ley, esa de ahí, cómo se llama, de la cuarta...

- Pared, la cuarta pared - precisa la señorita con mucho orgullo, que me recuerda algo de su lección.

- Exacto, la ley de ese tal, Stravinsky... -

- No, Stanislawsky - me corrige.

- Exacto, según el cual se necesitan al menos dos espectadores para que... para que el teatro surta efecto. ¿Verdad? -

- Bastante - me promueve un poco generosamente la señorita.

Pero el actor de la comedia, como el presidente de una comisión examinadora, niega con la cabeza.

- Entonces se estará preguntando de dónde demonios han salido los otros espectadores, apuesto, el llamado público, ¿no? -

- Exacto - me limito a decir.

- Pues debe haberse quedado dormido en el momento en que, apagadas las luces de la sala, todos se acomodaron en silencio en sus asientos sin perturbar la representación. -

- Ah, ¿es así? Ellos se habrían «acomodado», como usted dice, una vez comenzada la función, y luego el perturbador en serie de la velada habría sido yo, que, dicho sea de paso, ni siquiera quería venir al teatro. -

- ¿Y qué le obligó a venir, querido señor? -

Si el mentón del actor estuviera más a mano, le daría un buen puñetazo en su nariz empolvada por el irónico «querido» que acompaña al «señor», que suena más a epíteto que a respeto.

- El nieve, he entrado por la nieve, ¡caramba, la señorita aquí presente es testigo! -

- Sí, es verdad -me concede mi vecina de butaca- el señor ha entrado por culpa de la nieve.

- ¿Nieve? ¿Qué nieve? -se sorprende el actor larguirucho fingiendo no saber lo que está pasando fuera de este maldito teatro.

- ¡Está nevando como Dios manda, señor actor! -lo provoqué. Él, en cambio, mantiene la calma, ha entendido que me molesta más con esta actitud de superioridad que metiéndome en una pelea: - ¿Nieve? ¿Está nevando en Roma? ¿Estás bromeando? -

- No, todo está bloqueado, por eso estoy aquí, aunque no me guste el teatro. -

- Ya - continúa impertérrito - no le gusta, pero lo utiliza. -

- Como refugio temporal, sería mejor un bar o un restaurante, créame. -

- Claro, todos dicen lo mismo, y luego van al teatro. Se quedan dormidos, un poco por el cansancio al final de un día de trabajo, estoy citando a Hinkfuss... -

- ¿Quién? - exclamé.

Siento una multitud de miradas escandalizadas sobre mí.

- ¿Cómo? - se sorprende la señorita - ¿No sabe quién es Hinkfuss? ¿El director del teatro de Esta noche se representa el tema de Luigi Pirandello? -

- No tengo el placer - corto.

- Entonces, ¿no sabe que esta noche aquí se está representando la obra maestra de Pirandello, protagonizada por el director Hinkfuss? -

- En absoluto, no sé nada de lo que estáis representando, la señorita es testigo de ello, entré por casualidad solo porque tenía los pies empapados, el tráfico estaba bloqueado y no podía esperar en el frío a que la situación se normalizara. Eso es todo. -

¿Eso es todo? Ni hablar. El Histrión desgarbado hace una mueca y un gesto con la mano para subrayar su descontento por mi suma, en su opinión, ignorancia: ¡ay, ay, ay!

- Sepa, de todos modos, que estaba interpretando precisamente el monólogo del director Hinkfuss de Esta noche se representa un tema, donde Pirandello hace decir a su personaje... - se aclara la voz - Los espectadores, después de un día de cuidados pesados y tareas agotadoras, angustias y tribulaciones de todo tipo, por la noche, en el teatro, quieren divertirse. -

- ¿Divertirse, en el teatro y con estas cosas? ¡Ni hablar! - insisto en la discusión. - Si no fuera por las condiciones meteorológicas y la capa blanca que paraliza la ciudad, habría elegido otro tipo de diversión, ¿qué sé yo? Una buena ración de espaguetis, cuatro saltos en la discoteca, una borrachera en un bar, un burdel... pero nada, todos han cerrado, algunos por la nieve, hablando de locales públicos, otros por ley, refiriéndose a los lugares de placer... - me sonrojo, pero por suerte las luces del patio de butacas están bajas y nadie se da cuenta de mi color.

Solo el Istrione Allampanato se da cuenta de mi momento de debilidad y entonces intenta formar una santa alianza contra mí.

- En este punto, me gustaría saber qué piensan los presentes, por favor, por favor, pueden intervenir libremente mientras trato de recuperar la concentración necesaria... -

¿De verdad tengo que soportar una especie de juicio público? Me gustaría levantarme e irme, pero ¿adónde? Cuando nieva en Roma, ya se sabe, es un desastre, la ciudad no está preparada para hacer frente a emergencias similares. Levantarse y marcharse, fácil de decir. Pero, ¿cuánto tiempo tendré que golpear el pavimento como una paseante resfriada

en una noche en la que los clientes han desaparecido?
Entonces me calmo y decido asistir a esto... pero sí,
llamémoslo por su nombre, ¡teatro! Detrás de mí, alguien
empieza a sermonear.

- Hay personas que ni siquiera saben dónde están. Sucede en
el teatro, en el cine, en todas partes continuamente. Es una
falta de respeto generalizada hacia quienes trabajan más allá
del valor de la representación. -

Me giro para mirar bien a la cara a este imbécil que habla sin
sentido: ¿qué tengo que ver yo con esa señora? Pero el tipo
que acaba de hablar ya ha vuelto a sentarse en el sillón y se
esconde detrás de las caras anónimas de los demás espectadores que no parpadean. Mientras trato de identificarlo en la
multitud, tal vez por un temblor o una mirada, otra voz estalla
desde el lado opuesto al que me he vuelto.

- Uno de los motivos por los que ya no voy al teatro. Una vez,
un loco furioso me recitó por la nuca TODO el guión
de *Finale di Partita* adelantándose a los actores. ¿Qué tenía que
hacer? ¿Darle un puñetazo? Entonces el loco habría sido
yo...-

¡Mostraos, haced que os vean, idiotas! gruño por dentro,
girándome como un perro que se siente rodeado por una
manada de lobos, pero nada, incluso en este caso la «voz»
permanece sin rostro, hundiéndose de nuevo en el anonimato.
No tengo tiempo de expresar mi descontento cuando otra voz
se une al coro. ¡Qué lata!

- Estoy totalmente de acuerdo. Este comportamiento molesta
en primer lugar a los demás espectadores, que tienen todo el
derecho a seguir la obra en paz, sin tener que soportar
bostezos o que les apaguen la luz de las pantallas en la cara. -
Tampoco en este caso tengo la suerte de identificar al autor
de la expresión.

- Yo estoy de acuerdo. Para mí, el teatro es algo serio y debe tomarse en serio, con respeto por los que trabajan y por los que participan como público. Me gustaría ver qué haría esa *señora si*, mientras hablara de algo que le importa mucho, su interlocutor bostezara y leyera mensajes en el móvil. -

Y las espectadoras también se ponen a romperme el alma:

- ¡Esta falta total de respeto, cuidado y atención por parte de algunos individuos hacia otros es repugnante! -

Ahora es un río de intervenciones, inútil alterarse, decido dejar que todo se deslice sobre mí.

- Mala educación, uso compulsivo del smartphone, capacidad de atención y concentración casi nulas. Esta es la cifra de los tiempos actuales. -

También interviene el crítico del periódico nacional que no puede abstenerse, por una vez, de decir lo que piensa.

- Como se desprende de una reseña mía reciente, los espectadores del Bellini nos arruinaron el espectáculo hace unas semanas. Comentarios en voz alta durante las escenas de desnudo, teléfonos móviles, etc. A nuestras quejas, el personal respondió que se sentía impotente ante una práctica cada vez más frecuente. -

No entiendo el comentario en ruso, ¿algún espía venido del frío? Pero ya sé lo que está diciendo dada la extrema claridad de la situación sin necesidad de que me lo traduzcan al pie de la letra. Sin embargo, el espectador que también sabe ruso y que siempre lo entiende todo antes que los demás nunca falta y amablemente me hace de intérprete:

- En mi opinión, hizo muy bien en subrayar la mala educación del público, que ahora molesta en el teatro con sus teléfonos móviles de una manera vergonzosa. Por ejemplo, muchos bajan el volumen dejando la luz encendida cuando la función ya ha comenzado y a los que están sentados detrás... -

En este punto, las voces, los comentarios y las opiniones se multiplican, rebotan en la sala, llueven por todas partes... Me tapo los oídos apretándome el cráneo con tanta fuerza entre las manos que parece que me va a salir el cerebro por los oídos: ¡basta, ya no puedo más! ¡Me habéis roto los cojones, iros a tomar por culo!

El actor de rostro alargado no deja pasar la oportunidad de lanzar la enésima indirecta hacia mí:

- ¿Un ataque de nervios? ¿Tenemos que llamar a la Cruz Verde, la de los locos que no se controlan? -

- Llámelo, me da igual - el apóstrofo. - Con la nieve que está cayendo, apuesto a que llegará cuando me haya subido al telón y me haya balanceado colgado del candelabro. -

La señorita, en lugar de tomarme en serio, se echa a reír y me aplaude: - ¡Bravo! -

Y todo el público la sigue aplaudiendo: ¡bien, bravo, bis!

El actor de la compañía, en cambio, deambula nervioso por el escenario, recoge el abrigo que había tirado al suelo para salir de su personaje y me mira con recelo, seguramente está celoso de mi inesperado éxito. De hecho, no sabía que sabía actuar tan bien, aunque me pregunto: ¿pero estoy actuando de verdad o lo hago en serio? Hecho que torpe sí, pero con el aire de un verdadero profesional, agradezco al público con un ligero movimiento de cabeza.

- ¿Dónde aprendió a actuar tan bien? - es el tercer grado del Bufón Desgarbado.

- No sabría decirle, la verdad es que nunca lo he hecho, es decir, he hecho lo que se hace en la vida cotidiana cuando uno se enfada, eso es todo... -

- Más bien diga: cuando uno se pone una máscara en la cara, se da cuerda al loco y se deja caer al *pupo*... -

- Más o menos - susurro aunque no sé de qué habla.

- Pirandello, entonces, como se quería demostrar. ¿Ha leído *Uno, nadie y cien mil* por casualidad? -

- No, mire, señor Istrione, yo solo leo el periódico deportivo, no soy un literato. -

- ¡De todos modos, usted lleva el teatro en la sangre, querido señor! - sentencia.

- ¿Yo? - Estoy atónito. - ¡Pero si acabo de decirle que solo leo deportes! -

- Seguro, de lo contrario no se puede explotar ante tanta gente con tanta ira altamente realista, ¡creíble! -

- Pero es el granizo de palabras que me cayó en la cabeza lo que hizo verosímil y creíble mi enfado, ¿entiende? -

El Histrión desgarbado me mira con recelo: - ¿Granizo? ¿Ha dicho granizo? -

- Exactamente - confirmo.

- Disculpe, pero, ¿no había hablado de nieve hace un momento? -

- Hay un malentendido: el granizo es metafórico, mientras que la nieve es solo exterior. -

- Metáfora, entonces, entiendo. Pero también la nieve ahí fuera, en Roma, es muy poco realista e igualmente metafórica en su blancura, en su blancura... La nieve en Roma es como un maná caído del cielo, es decir, algo increíble. -

- Créame, créame... está haciendo mucha. -

- ¡Y además se queda! - añade la señorita entusiasmada por no sé qué, tal vez por poder intervenir en la conversación.

El Histrión desgarbado se concentra un momento para recuperar algún texto memorizado, un fragmento de algo que le da vueltas en la cabeza y anuncia al público:

- Yo, excelentísimos señores, soy un hombre del norte y conozco el niebla, conozco la nieve, conozco el granizo y las nubes y la lluvia y el frío y el tramontana... nevvero... pero en mi zona son elementos concretos de la naturaleza, por los que uno puede estrellarse contra el suelo resbalando sobre el hielo, uno puede atascarse, uno puede ir a golpearse la cabeza contra el poste de una señal de tráfico... pero la nieve en Roma es pura mística, nada que ver con una metáfora. En este punto, se necesitaría un d'Annunzio al revés que invirtiera el inicio de la novela El *placer de* leer, transformando la somnolienta y soleada, primaveral y alegre Roma en una estepa siberiana poblada de lobos.

El público estalla en risas y se oyen aplausos de ánimo de los que no puedo desvincularme.

- *El año moría, muy suavemente. La soleada Nochevieja difundía en el cielo de Roma una tibieza velada, suave, dorada, casi primaveral.* -

Sigue un silencio incómodo. El desgarbado actor permanece como fulminado con los ojos clavados en el techo y la boca abierta como un bacalao que no sabe qué pescado coger. Algunos toses, un movimiento de los asientos de terciopelo, signos evidentes de un consentimiento bastante tibio. Pero un par de idiotas de la última fila se levantan y se arrancan las manos aplaudiendo, con poco éxito entre el público, que más bien murmura en lugar de aprobar.

La chica de al lado me susurra: - Es el *claque*, le pagamos para que llene los huecos cuando se forma un embolo... -

- ¿Un embolo? - Estoy perplejo.

- Un vacío de memoria, dicho de otra manera. -

- ¡Ah! ¡El Histrión desgarbado ni siquiera recuerda su papel, y se permite venir a sermonearme! -

- No lo llames así, podría ofenderse. -

- ¿Y con esto? Sabe lo mucho que me importa. ¡Soy yo quien debería ofenderse por tener que oírlo a él! -

Entrecierra los ojos con un gesto de enfado, ¡qué nerviosa está la chica!

- ¿Cree que no habría sido capaz de salir adelante a pesar de los gruñidos y bostezos que salían de su boca en primera fila? ¿Pero sabe cuántas cosas ha pasado el que usted llama irónicamente «el actor de rostro alargado»? ¿De verdad cree que no es capaz de comerse el cerebro dentro del cráneo mientras sigue actuando, si tan solo... -

- Y aquí se cae el burro, diga lo que diga: ¡si tan solo recordara el papel! -

- No hay ningún papel que recordar, simplemente está actuando *a brazo*... -

- ¿A brazo? -

- ¡Pero si no sabe nada! Improvisa, recicla del cilindro de la memoria algunas frases, algunos fragmentos de texto... -

- ¿Y por qué lo haría? -

- Porque, como se dice en nuestro argot: *¡el espectáculo debe continuar!* Y como el resto de la compañía no ha podido llegar al teatro... -

Le interrumpo: - Por culpa de la nieve, apuesto. -

- Exacto, la nieve... bueno, entonces tiene que hacerlo todo solo, improvisar, entretener al público, por eso fingió discutir con ella, para ganar tiempo, y la obligó, sin que ella se diera cuenta, a interpretar un papel. -

- ¿Pero qué está diciendo? ¿Qué papel? -

- El suyo, ¿aún no lo ha entendido? -

- Pero si no estoy actuando. -

- Quizás sí y quizás no. Observe bien al público, ¿qué está haciendo en este momento? -

- Creo que nos está observando. -

- ¡Lo hace fácil, usted! No, querido señor, el público no nos está simplemente observando, sino que está asistiendo a un espectáculo, a su espectáculo... -

La revelación me suena como la última e insoportable burla de esta noche tan mala que tengo que soportar. Me pongo de pie y, de cara al público, empiezo a menearme:

- Bueno, ya basta, ¿qué tenéis que mirar, me habéis tomado por una bestia rara? ¿Por un fenómeno de feria? Soy una persona seria, no una cosa, ¡sí, bueno, un actor! - No contento con el resultado obtenido por mis palabras, estallo como solo yo sé estallar cuando me salgo de mis casillas. Soy un tipo tranquilo, pacífico, jovial, pero cuando ya es demasiado y entonces me sale casi natural disparar en voz alta un insulto que me cuesta... el enésimo aplauso: - ¡Público de mierda! -

Se desata un alboroto en la sala, al principio me cubro la cara con las manos para evitar que me lancen objetos en señal de protesta y reacción a mis insultos. Pero tengo que cambiar de opinión, en lugar de ser linchado, recibo una *standing ovation* en toda regla, todos de pie, con sombreros y pañuelos volando por los aires: esperaba una paliza y, en cambio, me encuentro en los brazos de la chica que me susurra un hermoso:

- ¡Magnífico, es un matador nato! -

- Matador, no, claro que no, ¡todavía no he matado a nadie! -

- Claro que no, claro que no, los dejó a todos con su «público de mierda» que ni siquiera Pirandello pudo vomitarle al público enfurecido en el estreno romano de *Seis personajes* en Roma, era el año 1921, cuando fue cuestionado y tuvo que enfrentarse a los espectadores enfurecidos que desde los primeros compases gritaban: *¡Fuera el autor!* -

En las celebraciones en mi honor, por supuesto, no falta el actor de largas piernas, del que ahora, bajo los focos, se notan las pobladas cejas ennegrecidas con un carboncillo que le dan un aire mefistofélico.

- Pues bien, querido señor, ¡en este punto podemos considerarla hábil y alistada! -

- ¿Hábil para hacer qué? ¿Y enrolado dónde, si puede saberse?-

- Esta noche entrará en compañía. -

- Ya estoy en compañía de esta bella señorita - trato de desenredarme y, al mismo tiempo, lanzar un mensaje con el azucarillo a mi vecina de butaca.

- Exacto - desmonta mis defensas - se llama «compañía de hecho» la que se establece entre dos artistas que se encuentran casualmente y acaban, casi como empujados por el destino común, en una colaboración creativa. -

- ¡Pero da la casualidad de que yo no soy artista! - y sonrío, pero es un tipo de expresión que se me queda en la cara como una paresia momentánea.

- Lo es, lo es, nadie ha pronunciado nunca el chiste de *pobre mierda* mejor que usted. -

- ¡Pero no era un chiste, era lo que realmente pensaba! -

- ¡Mucho mejor! Se llama espontaneidad, ¡incluso Pirandello se refiere al concepto de ingenuidad del lenguaje dramático! -

- ¿Yo ingenuo? ¡Ni siquiera me conoce! - No quisiera quedar como un bobo con la joven y perturbadora presencia a mi lado. Pero ella me deja helado con una reflexión que no deja espacio para la contraanálisis:

- ¿Prefiere una belleza natural, agua y jabón, como yo, o se siente atraída por los labios carnosos, los liftings japoneses, los pechos inflados con la bomba de las bicicletas? - tiene el tono de quien espera una respuesta de sí o no antes de ofenderse definitivamente.

- Qué preguntas - trato de salirme con la mía - obviamente...- El Histrión desgarbado no me deja terminar la frase:

- Nosotros también, si me permite, preferimos a los que llevan el arte en la sangre y lo rezuman por todos los poros cuando menos te lo esperas, en lugar de esos mocosos llenos de granos que salen de la Academia de Teatro engreídos y llenos de aire como globos hinchados. ¡Y de los que no se extrae más jugo que de una nuez seca! ¡Y luego mírala, mírale la cara! Señorita, por favor, si tiene un espejo a mano en el bolso, ¡haga que el señor se vea en la fijeza de su expresión dramática! Maravillosa, simplemente maravillosa, diría espectacular.

- ¡Por el amor de Dios, ¿de qué está hablando? -

- ¡¿Cómo de qué?! Pero de su sonrisa burlona e irónica que sería imposible definir simplemente como sardónica, sino... -

- ¿Pero cómo la definiría su señoría? -

- ¡Se le ha escapado un *señoría!* -

- Qué más da, es un término que nunca he usado. -

- Si empieza a usarlo ahora, debe de haber una razón, y nos gustaría que la descubriera esta noche, empezando por el significado de esa sonrisa suya que parece una paresia facial, se diría como le decía con sorna, pero no lo es, más bien es una verdadera sonrisa... ¡istrionica, de gran actor! -

Qué bonito, el Histrión desgarbado incluso me llama Histrión y gran actor solo porque en un ataque de ira (del que, por cierto, todavía me avergüenzo) se me escapó un *público de mierda* que desató aplausos y un éxito que todavía no puedo creer y que no sé explicar. Confieso, sin embargo, que el resultado de mi presunta *actuación me* puso en buena luz ante los ojos de la chica que me toma del brazo en el apoyabrazos del sillón. ¿Me apunto al juego? Claro que me apunto al juego, en el peor de los casos me... bueno, me impongo y me lo paso bien, como surja: ¡si sale... a las piernas, como se suele decir! Y son precisamente las piernas, dos columnas portantes de granito y estatuarias de una Venus con un generoso trasero, las que pasan por delante de mí para salir de la fila y llegar a los camerinos:

- Espéreme aquí, voy a prepararme para la representación. Ya sabe cómo es, los actores no han llegado y yo también tengo que echar una mano tirando del carro como puedo. Solo soy una cajera, pero escucho el guion todas las noches desde el *foyer,* así que me lo sé de memoria. Ya verá, nos divertiremos juntos, no se mueva. -

Y quién se mueve. Mientras en Roma nieva, no se mueve nada y yo también estoy atrapado aquí dentro. Ya que estamos en un manicomio, también puedo fingir que estoy loco. Pero, ¿se puede considerar loco a alguien que finge serlo para complacer las locuras de otros más locos que él? Confieso que Pirandello me dará la respuesta más adelante en *Enrique IV,* que tendré la oportunidad de leer más tarde. Porque la historia no termina aquí, aunque por el momento me veo obligado a posponer el final. Habrá diversión, dijo la chica. Y yo no pido más, ya que no tengo nada mejor que hacer.

4.

¿Qué ha pasado? ¿Dónde estoy? Preguntas que el subconsciente me plantea con cada vez más insistencia a medida que paso del sueño a un estado vegetativo más alerta. En esto, también me estimula un penetrante olor a café que siento resoplar como una locomotora en miniatura. Entreabro los ojos y un pálido rayo de sol filtrado por telarañas y polvo a través del cristal de una ventana del sótano en el que evidentemente, no sé cómo, he acabado, me hace intuir que ha amanecido. En un rincón del cobertizo lleno de trastos, probablemente trajes mohosos y viejos objetos de atrezo, veo al actor de largas piernas que ahora, lejos del escenario, me parece de constitución muy diferente y mucho menos aterrador que el colosal orco que me perseguía desde arriba casi comiéndome la cabeza. Es un hombrecillo demacrado, todo huesos, con las mejillas hundidas, de baja estatura, en definitiva, un viejo que dirías que está más allá que aquí. Se ha reducido a un Histrión en bata desaliñada y con una barba de unos días, gris y sin afeitar como la de un navegante solitario a merced de las olas, una larva de hombrecillo, en definitiva, que uno pensaría que podría aplastar con el pulgar como a un pulgón. No sé si es mi imaginación, pero también siento crujir sus articulaciones. ¿O son las mías? Intento mover, tan rígido como estoy, el brazo entumecido, pero algo me lo impide. ¿Un cuerpo? Sí, un cuerpo cálido y suave de alguien o, mejor dicho, de alguien: me doy cuenta al suspirar aliviado (prefiero evitar y *dejar a los demás,* como Celia de Cecco Angiolieri, ciertas sorpresas extrañas *a posteriori).* De los senos que me masajean agradablemente la espalda, que ha dormido acurrucada a mi lado como una gata... ¡o mejor dicho, como una gata! Envuelta en una cortina que parecía el telón rasgado de un teatro abandonado o el paño de un altar desacralizado, la chica de la taquilla se echó sobre mi hombro como si fuera un cojín. Y roncaba profundamente sintiéndose protegida y segura por mí, ay, si supiera los pensamientos de *Barbazul* que de vez en cuando me saltan como diablillos por la mente, seguramente se retiraría horrorizada... o tal vez no, tal vez se acercaría aún más atraída probablemente por el encanto del mal, ¡el sexo!, del que somos víctimas y verdugos al mismo tiempo nosotros, los machos y las hembras, ¡quien por un lado y quien por el otro!

Entonces me gustaría acurrucarme para jugar a *robarle el dedo* o a *echarme la cucharita*, o incluso a *tocarme, tocame, que mamá no ve* acunado por la cautivadora calidez de la cálida y carnal presencia femenina que se me ha pegado. Y a su vez acunar alguna idea extraña o tintincar lo más cerca posible los extremos turgentes que siento extendidos hacia mí como órganos anhelantes del espasmo y el orgasmo orgiástico... Pero el viejo desaliñado, ahora puedo llamar así al *rompiuovanelpaniere* que antes mencioné como «Istrione Allampanato», lee mis pensamientos y parece querer apartarme del residuo de la noche de los sentidos y del placer dirigiéndome un *¡buenos días!* sin siquiera volverse. Y añade: - ¡El café está listo! -

¡Qué pesado, maldito sea él y todo el teatro!

- Gracias - no sé qué más responder.

- También hay un buen cannolo de crema para usted, se lo merece. -

- ¿Yo? ¿Un cannolo? - exclamo decepcionado por el símbolo fálico del cannolo que sinceramente no entra en mi actual horizonte de acontecimientos. Pero él no entiende o finge no entender lo que le pasa a un cristiano en pleno torbellino hormonal.

- Claro. Ha estado muy bien, ¡ha salvado la noche! ¡Qué interpretación magistral, por parte de un aficionado, además, un *aficionado!*, ¡quién se lo hubiera esperado! -
- ¿Aficionado yo? - Me temo que lo he entendido mal - no creo haber hecho cosas pecaminosas con la señorita. - Al decir esto, levanto ligeramente la cabeza para dejarla en los brazos de Morfeo.
- ¡Amante del teatro, no de las chicas guapas, querido maestro!-
Me desconcierta que el viejo llame maestro y no simplemente «señor» al abajo firmante, precisamente él, que ha pisado las tablas probablemente desde que nació.
- No se burle de mí, por favor. -
- No me tome el pelo, por favor. -
- No es broma, faltaría más. En el teatro, siempre hay que dar al César lo que es del César. ¿Por casualidad se llama César? -
- No, en realidad me llamo Julio. -
- Como se demostró: Julio César, ¡exacto! Todo encaja, las cuentas siempre cuadran. -
Intento reflexionar: - La verdad es que no recuerdo nada. -
- Como todos los grandes actores, los maestros del arte dramático a los que siempre parece que no recuerdan el papel en el momento de salir a escena. Pero cuando están ahí, en el escenario con el público delante, he aquí, no, de alguna neurona recóndita del cerebro parte el hilo del guión que se desarrolla como el hilo rojo del destino, teatralmente hablando. Y luego, una vez terminada la representación, al volver al camerino, todo queda de nuevo olvidado, anulado, borrado: se activa el olvido y el actor vuelve a ser un recipiente vacío, como esta taza, por ejemplo, que espera a ser llenada de café. Por cierto, ¿cuánto azúcar quiere? -
- Dos, gracias... -

Bebo a toda prisa el líquido hirviendo que en la taza medio llena deja entrever el fondo por lo ligero que es, una mezcla de color oscuro que sabe a posos de café reciclados quién sabe cuántas veces. Así invento una excusa para dejar la taza sin ofenderlo:

- Bueno. Pero ahora discúlpeme, se ha hecho tarde, tengo que correr a recoger el coche y volver a la rutina *cotidiana.* - Dicho esto, me levanto, me vuelvo a meter la camisa en los pantalones, me pongo la chaqueta arrugada, el abrigo, compruebo que todo está en los bolsillos. Las llaves del coche y sobre todo la cartera, nunca se sabe. Gente de teatro, vagabundos, medio gitanos, escaladores de montañas, en cualquier caso pobres de solemnidad: ¡no te fíes!

- Mañana, de todos modos, se repite - me dice el viejo despidiéndose.

- Mañana no, estaré en Milán por trabajo. Lo siento. -

- No se preocupe, lo haremos solos. Tenemos la grabación y la transcripción de todo lo que nos regaló anoche, ¿verdad, querida? -

Me doy cuenta de que el *¿verdad, querida?* está dirigido a la joven que ha dormido a mi lado y que ahora empieza a estirarse con algunos bostezos. Un pecho blanco como una colina nevada asoma por la blusa desabrochada: dichoso de haber dormido a tu lado. Suspiro y me digo a mí mismo *dichosa inocencia,* probablemente refiriéndome más a mi estupidez por no haber sabido aprovechar la situación que a la sensual ingenuidad, una mezcla de picardía y candor, de la chica.

- Sí, claro, lo he escrito todo, está todo aquí dentro - y diciendo esto se recompone antes de mostrar un cuaderno del que solo puedo leer el título en mayúsculas: EL INGENUO SOY YO.

- ¿Ese papel sería obra mía? -

- Claro que no mía - confirma el anciano.

- Y tampoco mío - añade la joven dirigiéndome una mirada lánguida como si la noche que pasamos juntos hubiera sido de su completo agrado y satisfacción.

- Y mañana se repite esta misma representación en este mismo lugar - concluye el viejo, que se vuelve cada vez más deslucido y diminuto, casi transparente, diáfano, acompañándome hacia la luz del día a la salida del teatro para luego disolverse como un papel tornasol sumergido en ácido. Apenas tengo tiempo de grabar su último memento: - Y deje de dormir en el teatro, hágame caso, puede ser peligroso. ¡El futuro emperador Vespasiano incluso arriesgó su vida por simplemente atreverse a bostezar durante el monólogo dramático de Nerón! -

No entiendo qué tengo que ver yo con el Imperio Romano, así que se me escapa el sentido de la alusión histórica. El actor ya se ha desvanecido en la penumbra del pasillo lateral que conduce a los camerinos. Pero una vez más me llega su voz, reforzada por un eco espectral que retumba en la sala de teatro vacía: - No se preocupe, el teatro se encargará de mantenerla despierta, ¡o mejor dicho, de no dejarla dormir durante un siglo! - Y se oye una carcajada cavernícola: ¡ajá, ajá, ajá!

Por mucho que mi aversión por el teatro crezca de momento en momento, ya no puedo más, me dirijo al lugar donde dejé el coche, pero prometiéndome volver a verlos, algún día, ¿por qué no? Al fin y al cabo, no me lo he tomado demasiado a mal. Me he reído, he bromeado, me he divertido, pero también he muerto de miedo y me he asustado. *Por último, pero no menos importante* (no sé de dónde me ha salido esta expresión vagamente shakesperiana), también he, lo confieso, no diré excitado, ¡sería demasiado, realmente demasiado sexista! Prefiero aludir a ese estado de *euforia y picor* (¿euforia y picor? ¿quién sabe qué significa? se me ha ocurrido sin pensarlo) que percibe el género masculino en edad reproductiva ante una provocativa sirvienta de las Musas.

Aclaro para evitar malentendidos que no tengo intención de repetir mi experiencia como actor, en este sentido creo que ya he dado todo lo que podía, en cuerpo y alma. Por lo tanto, descarto volver a los escenarios. Pero cabezota como soy, se me olvidó pedirle el número de móvil a la chica, a la que ingenuamente ni siquiera le pregunté cómo se llamaba. ¿Ingenuo? Ah, sí, *El ingenuo soy yo*, se titula el guion que habría creado en escena sin saberlo, totalmente embriagado... tal vez por el *pathos* de mi actuación en el papel de *El Ingenuo*... ¡Claro que cuando se dice *omen nomen*, tonto que eres, no es ingenuo! ¿No lo sabes, me reprocho a mí mismo, que cada oportunidad perdida es una oportunidad perdida, como se dice en Roma refiriéndose con el epíteto a aquel que deja escapar la ocasión propicia de una conquista femenina, aquella que al sur de la Ciudad Eterna, hacia Nápoles, se dice *acchiappanza*?

¿Es posible, sin embargo, me pregunto, que sea tan estúpido como para dejarme conmover por el arte dramático hasta el punto de olvidar los placeres de la vida sin percibir el sutil encanto del eros que me había sido propuesto, endilgado, arrojado a la cara por la guapa y aparentemente muy disponible cajera del teatro? Te la *habías ligado*, volviendo al vulgo romano, y en lugar de terminar con Dioniso y las orgías báquicas, en lugar de inmolarte al dios del amor, Eros, te hundes en los brazos de Morfeo como un gnocco. Sí, lo has entendido bien: un bollo que te enreda y te vuelve tonto por el Histrión Desgarbado que luego resultó ser solo un montoncito de huesos crujientes coronado por una cara hundida y una boca desdentada en la que destacaban, por decirlo así, dos bigotitos de un Mandrake jubilado listo para el hospicio (¡si no para el cementerio!).

Miro a mi alrededor para buscar el nombre de la calle, el número del teatro; y me doy cuenta de que ya he girado una, dos esquinas o tal vez más y, como Dédalo prisionero de su laberinto, no puedo salir. Así que empiezo a confundir la toponimia: ¿entonces venía de Via Capo Le Case en dirección a Via Sistina, o bajaba del Quirinal en dirección a la Fontana di Trevi?

Al tocarme el bolsillo de la chaqueta, siento algo suave, aterciopelado: saco un pañuelo de papel en el que una mano femenina ha escrito con una bonita caligrafía... ¿su dirección? ¿Nombre, apellido y número de teléfono? O tal vez una cita en alguna pensión por horas del centro, una de esas discretas alcobas frecuentadas por los honorables diputados del Parlamento italiano cuando, libres de sus *fiestas electorales* y de sus *escenificaciones* en nombre del pueblo italiano, van a dar rienda suelta a sus instintos más bajos con alguna *pequeña soubrette* televisiva en busca de un contrato y una recomendación *desde arriba*. Pero no quiero ser moralista, al menos hasta que no haya leído el contenido del texto manuscrito en el pañuelo arrugado con el que también me he sonado la nariz, al menos espero haber sido yo y no el Histrión desgarbado entre un *nevar* y otro de su intercalar y escupir y escupir por ahí.

Qué decepción cuando me doy cuenta de que no, nada de número de teléfono, nada de nombre, apellido y dirección, nada de cita galante, sino solo una mediocre poesía dedicada a mí, como si yo fuera Homero o Mastroianni, de mi primera y quizás última admiradora y hechicera: la bella taquillera del teatro que ya no encuentro en el laberinto de calles del inmenso y disperso centro de la Ciudad Eterna.

A mi querido desconocido de «El ingenuo soy yo».
Sueños sutiles como hilos de luna respiran
en el tiempo dilatado por la música
suavemente punzante:
la mirada fija en el vacío
sigue el recuerdo que evoca «la» voz.
Mudo y enigmático, sigue el hilo de los pensamientos:
fanfarrón - transgresor
oculta la melancolía por la vida
ya gastada tras un brío escénico
allí - donde el resplandor deslumbra y todo es falso.
Apagadas las luces, la viva realidad
no engaña,
el ardor empuja - elige fuentes amargas
de la que huye aún más sediento
con rabia, maldiciendo, ¿contra quién?
Arbitro de su propio destino
ahora atrapado en una espiral donde
se acomoda como un nicho y
espera... ¿qué? ¿quién?
Cuando el cerebro y el corazón se encuentren
encontrará luz y paz.
Quizás.
Retumba un contrabajo.
Firmado tu dulce «máscara»

No sé cómo ni por qué me viene a la mente una frase de un tal Pirandello que debo haber oído en algún lugar, tal vez en mi aventura nocturna en el teatro: *¡en mi vida he conocido muchas máscaras, pero muy pocas caras!* Palabras que empiezo a entender lentamente, inoculadas probablemente por el actor andrógino en el sopor de mi merecido descanso al final de la representación.

De hecho, me parece que ese último verso del contrabajo me retumba en los oídos como un eco misterioso. Sin embargo, no es un contrabajo ni ningún otro instrumento de orquesta, sino el estruendo de una bocina ensordecedora acompañada de un *¡a scemo!* que me hace resurgir de la lectura de los versos cojos de la bella cajera dedicados a mí. Me encuentro en medio del tráfico de Via del Tritone con los coches que me rodean haciendo ruido y emitiendo mugidos e insultos irrepetibles. Llego rápidamente a la acera y, antes de darme cuenta de que estoy a salvo, me asalta una duda: el cielo es azul, masas de turistas en pantalones cortos y camisetas ajustadas intentan protegerse de los poderosos rayos del sol con sombrillitas de colores en la cabeza a modo de gorros.

¿Y yo? ¿Qué hago tan abrigado, con una chaqueta de tela pesada, zapatos de invierno y un abrigo de lana en un ambiente tropical? ¿Pero no había nevado ayer? ¿No se estaban congelando las fuentes? ¿Y hoy es realmente hoy, como mañana será mañana? ¿Y ayer? ¡En fin! ¿Cuándo fue ayer? Me entra sudor frío, por los nervios, claro. Pero también porque estoy tan enfangado como un pastel de crema que rezuma grasa rancia en el escaparate expuesto al sol de un bar que regala golosinas podridas y buenas solo para que te dé un buen dolor de barriga. Siento que la camisa se me pega por lo empapada que está, la frente me gotea, el pañuelo de lana con el que estoy envuelto se me aprieta en la garganta como una soga, me corren gotas de sudor por la frente, los hombros, los brazos y las piernas. ¿Me está dando un infarto por un golpe de calor? Empiezo a quitarme la ropa de abrigo. Saco la cartera y las llaves del abrigo y las meto en el bolsillo trasero de los pantalones, luego me quito el jersey, el pañuelo, el gorro de invierno, lo envuelvo todo en un fardo que me guardo bajo el brazo. Todos me miran. ¿Les hago reír? ¡Que sigan riéndose, ya me he acostumbrado a hacer teatro! ¡Ajá, ajá, ajá, ajá, ajá, ajá, ajá, ajá, ajá, ajá, ajá, ajá, ajá, ajá, ajá, ajá, ajá, ajá, ajá, ajá, ajá, ajá, ajá, ajá, ajá, ajá, ajá, ajá, ajá, ajá, ajá, ajá, ajá, ajá, ajá, ajá, ajá, ajá, ajá, ajá, ajá, ajá, ajá, ajá, ajá, ajá, ajá, ajá, ajá, ajá, ajá, ajá, ajá, ajá, ajá, ajá, ajá, ajá, ajá, ajá, ajá, ajá, ajá, ajá, ajá, ajá, ajá, ajá, ajá, ajá, ajá, ajá, ajá, ajá, ajá, No me doy cuenta de que el pensamiento que me ronda la cabeza no se queda en silencio, sino que se manifiesta violentamente. Caray, estoy gritando e insultando a los transeúntes, está sucediendo de verdad, como si tuviera el guion en la mente: me toman por loco, pero me gustaría hacerles entender que solo estoy interpretando el papel del loco y que lo hago tan bien que *parece que* soy un verdadero chiflado. Como en*Enrique IV* de Pirandello. ¿He salido loco? No lo creo, porque un loco que sabe que se está comportando como un loco no puede serlo de verdad, sabe que está actuando, por lo que *finge serlo*.

De repente veo materializarse ante mis ojos una sombra gigantesca como un fantasma involuntariamente evocado por un exorcista aficionado: es el Bufón Espigado que ahora parece haber recuperado su tamaño mastodóntico original. Un ruido ensordecedor perfora mis tímpanos como un trueno causado por un rayo cercano: el aplauso del Gigante Desgarbado en mi dirección que se confunde con el aplauso de un grupo de turistas que me han tomado por un artista callejero haciendo un número de payaso. También encuentro algunas monedas en el sombrero que agito para ahuyentar a las moscas y mosquitos atraídos por el sudor de mi frente, unas monedas de nada, pero siempre mejor que nada. Sin embargo, la impresión de que estoy pidiendo limosna se propaga rápidamente entre los transeúntes, que se alejan por miedo a que los presione para que le den una moneda. El actor de la comedia se aleja encorvado, como si se hubiera cargado sobre los hombros las Columnas de Hércules después de pronunciar sus últimas cuatro palabras, *carmina non dant panem,* y de recibir mi respuesta: ¡muchas gracias!

Vuelvo a buscar mi coche. ¿Dónde lo aparqué ayer? Al alejarme de las miradas irónicas de los transeúntes acalorados que se dispersan en busca de sombra y frescor, afortunadamente consigo encontrarlo al lado de Via dei Quattro Venti. Parece que ha cambiado de color, como si alguna oscura entidad infernal hubiera orinado o, peor aún, cagado sobre él para luego secarlo y secarlo todo con el *teléfono.* Los cristales están cubiertos por una capa de guamo de pájaro fétido, parece que toda la población de aves del continente europeo, de nuestra hemisferio, se ha ensañado con mi vehículo.

Levanto el limpiaparabrisas para despegar algunas capas de podredumbre y poder llegar al cristal, así me doy cuenta de que lo que está pegado en la luna no son hojas y suciedad variada, sino muchos papelitos blancos con una franja azul: multas por estacionamiento prohibido. El coche está lleno de multas, hay decenas, quizás cientos de multas, o incluso miles. Pero, ¿cuántas multas me han puesto en unas pocas horas, una noche como mucho? ¿Sin tener en cuenta la emergencia por nieve que habría justificado la infracción del código de circulación? ¿Qué agente de policía dotado de un sadismo particular, qué mente chiflada de un guardián del orden, qué y cuánta maldad de un servidor del Estado puede albergar en aquel que se empeña en llenar un número de *Guinness* de los récords de notificaciones en papel? Seguro que habrá pasado una cantidad de tiempo increíble, sobrehumana, habrá trabajado día y noche al acecho junto a mi carruaje solo por el gusto de golpear, golpear, golpear y seguir golpeando al imprudente automovilista atrapado en la nieve que solo ayer... ¿ya, ayer o el año pasado? ¿O hace cinco años? ¿Hace una década? En fin, ¿cuánto tiempo ha pasado?

Estas preguntas me dan vueltas en la cabeza y me provocan un ligero mareo. Luego me recupero pensando: es un sueño, solo un mal sueño. ¡Un pesadilla, eso es! Como toda la historia de mi vocación por el arte dramático, ¡y mucho menos! Yo, un actor, ¡sí, claro! En la escuela no podía memorizar ni siquiera *Me ilumino de inmenso* de Giuseppe Ungaretti, así que ahora no puedo pensar en memorizar un guión entero.

Estoy a punto de dar un suspiro de alivio, tratando de engañarme a mí mismo pensando que me he equivocado de coche y probablemente he confundido el aparcamiento, cuando debajo de la última multa aparece pegado a la ventanilla por la intemperie un cartel que anuncia un evento teatral, un espectáculo titulado *L'ingenuo sono io* del que yo mismo sería autor e intérprete. Abro los ojos y frunzo el ceño, como diría un escritor con escasas habilidades literarias, ante mi foto en el traje de escena que aparece en el centro del folleto publicitario: «¡Soy yo, sí, soy yo el intérprete de esta maldita porquería! De esta *mierda,* por decirlo sin eufemismos. ¡Oh, Virgen Santísima, pero quién puede haber escrito algo así! ¿He sido yo? ¡Y la foto, la foto! ¡Del fotógrafo que me la hizo, del diseñador gráfico que la maquetó y del tipógrafo que la imprimió! ¡Un delirio, un verdadero delirio! Con el palillo en la boca como *Johnny Stecchino* recuperándose de una borrachera, las gafas oscuras como Belushi resucitado y el sombrero de paja como un mafioso salido de una serie de *Las calles de San Francisco.* Más que teatro, aquí estamos al límite del circo ecuestre, de la feria de las vanidades, de la presunción que se hace pasar por arte. ¡Qué locura, señores míos, qué locura! Y por si fuera poco, en el reverso del folleto hay una poderosa nota del autor que incluso lleva mi firma. Un montón de tonterías que me avergonzaría haber dicho, si es que las hubiera dicho, lo cual no es, no puede ser. No sé nada de lo que está escrito aquí arriba, grito en medio de la calle. ¡Es una locura, una auténtica locura! Leed, leed, hacedlo vosotros mismos.

Ni siquiera tengo tiempo de decir «sílaba», ni siquiera de mover los labios para pronunciar la primera sílaba, la primera consonante de *mierda,* basta con pensarlo y de repente la realidad se transforma, ¿quiere decir por arte de magia? ¡Y digámoslo! - como si *M* fuera la inicial de una palabra mágica, es decir, una palabra clave, una *contraseña* para los que no creen en las ciencias ocultas y en lo paranormal, un *abracadabra* o un *abrir-se-miso* para los que sí creen (¡peor para ellos!). Así, una calle concurrida del centro de Roma, en la que estaba seguro de encontrarme físicamente, *cambia de* (voz del verbo *cambiar*, un pirandellismo que de vez en cuando me permito usar) en desvanecimiento en el mismo teatro, en el mismo escenario del que me engañaba a mí mismo al pensar que me había liberado, pero en el que de repente me encuentro como arrastrado por una cinta transportadora a la velocidad de la luz. La voz de la bella cajera casi me hace eco:

- ¡Mierda! Así que nosotros, que hacemos teatro, gritamos todos juntos para la buena suerte antes de salir a escena. -

- Una especie de ritual, un amuleto de la suerte, ¿verdad, cariño? - aparece el actor andrógino entre bastidores.

- Oh, sí, y nos tocamos el... culo... digámoslo así, entre nosotros el culo se puede decir.

La cosa no me molesta demasiado, de hecho me atrae.

- Y también se puede tocar el culo, creo entender... siempre por superstición, ¿verdad? -

- Sin embargo, sin malas intenciones en el gesto que debe ser propiciatorio y no provocador - me reprende con una mirada de enfado la chica de mis sueños.

- Entonces me alegraré de contribuir a propiciar la buena suerte, pero -me esfuerzo por entender- ¿por qué se dice precisamente *mierda y* no, por ejemplo, *pis?* -

El Histrión desgarbado se ríe maliciosamente. Me parece captar un gesto furtivo suyo para pegarse unos bigotitos falsos y poder sostener histriónicamente por su parte la actitud que se define en las leyendas de los libretos de teatro: reírse bajo el bigote.

- Sencillo: porque la mierda trae buena suerte, siempre buena suerte, porque se produce en el intestino del actor si consigue ganarse la vida con su esfuerzo dramático: cuanto más mierda hace, más quiere decir que ha conseguido comer, ¡alimentarse!-

- ¡Pues que se joda entonces y que se joda mucho! - me echo a reír.

En cambio, ellos me miran perplejos, indignados.

- ¡Concéntrate en lugar de hacer el payaso antes de que se abra el telón! ¡Estamos a punto de salir a escena, ¿verdad!? - tronó el Histrión Desgarbado ofendido por mi actitud poco profesional. - Somos una compañía de pobres *escaladores de montañas,* y sí, pero no por eso no tenemos nuestra dignidad que defender y proteger. Aquí no somos nosotros los que nos reímos, somos nosotros los que hacemos reír al público, ¿verdad? -

Esta vez su *verdad* no admite réplicas.

De repente, pierdo toda seguridad: - Pero disculpen - balbuceo - ¿qué hago yo aquí? -

- Oh, vaya - bromea la chica - ¡Lo que hace todas las noches como en el cartel y en el programa! -

- ¿Qué cartel? ¿Qué programa? - La cosa empieza a aterrorizarme.

- Aquí, lea esto - el Histrión larguirucho me extiende un *folleto* - y dese prisa. En cinco minutos daré el *¿Quién está en escena?* -

- ¿Cómo? - me sorprendo - ¿ni siquiera saben quién está en escena y van de todos modos? -

- Es una forma de decir, querido señor - me aclara la cajera. - Significa que el que está en escena debe tomar asiento en el escenario para la apertura del telón. -

Deduco de la aclaración que el *¿quién está en escena?* se refiere a mí. ¿Pero en escena haciendo qué? Empiezo a buscar desesperadamente algún asidero en las leyendas del *díptico* que ilustran el espectáculo. No entiendo nada. ¡Qué desastre! Bueno, inténtalo tú. Aquí está. Ponte las gafas si las necesitas y lee:

El ingenuo soy yo

de XY (sigue mi nombre, que prefiero omitir porque temo hacer el ridículo con lo que aquí se me atribuye)

El subtítulo de esta comedia (una «romantischefabelhafte Komoedie») indica las fuentes en las que el autor se ha inspirado libremente: el tema del «teatro dentro del teatro» es, por ejemplo, un elemento casi constante en la dramaturgia de Tieck (de una manera totalmente original, llega a Pirandello). Últimamente se habla y se ve mucho del «teatro en el teatro». Sin embargo, se corre el riesgo de empobrecer sus contenidos filosóficos en favor de una forma de espectáculo «de moda» capaz de conquistar al público. No es casualidad que los momentos de reflexión sobre la «realidad de la realidad» que conlleva el «teatro en el teatro» acaben pasando a un segundo plano frente a las tentaciones de la comedia de evasión (que siempre ha significado una crisis de la dramaturgia), la cual, a falta de contenidos «serios», transforma el teatro en la representación de sí mismo. Lo que equivale, también en sentido hegeliano, a una «representación vacía»: la primera temporalidad se centra, precisamente, en esta forma «vacía» de hacer teatro.

Sin embargo, la representación que el teatro hace de sí mismo es, en cualquier caso, una forma de representación de una realidad que puede ser «vacía», pero no carente de presupuestos histórico-sociales. Así pues, en la segunda temporalidad se aborda el tema del desarrollo de la personalidad en la sociedad moderna.

Víctima de la alienación espiritual producida por el dinero, que transforma en mercancía de intercambio la propia esencia humana, el personaje de Celeste, una especie de Peter Schlemihl moderno, debe separarse de su «otro» para satisfacer todo deseo de posesión. El hombre sombra, separado de su auténtico ser, queda sometido a un magnate de las finanzas sin escrúpulos que representa una figura fantásticamente demonizada del capitalismo: de hecho, es capaz de producir maravillas, de satisfacer los deseos más recónditos gracias a sus portentosos bolsillos, pero no hace más que dejar tras de sí una estela de infelicidad: el único deseo que no puede satisfacer es el de ser libre, es decir, «ingenuo» también en el sentido de Schiller).

A partir de estas premisas, el discurso se desplaza, en la tercera temporalidad, hacia el futuro de la humanidad, en el que ya no hay individualidad, ni fantasía y mucho menos «teatro». La referencia al filósofo rumano E. M. Cioran es inevitable. Según Cioran, la sociedad moderna ha «descuartizado» la esencia fantástica de nuestro Ser. No hay más allá terrenal o ultraterrenal por el que vivir: la esperanza ha muerto y la única existencia plausible es «esta» existencia en la que se está produciendo trágicamente la suspensión de la conciencia histórica del hombre que, en este mundo, no debe hacer más que «vivir» el fin. Alias la beckettiana «espera» de Godot.

La filosofía de Cioran representa una «autoconsciencia crítica» de la sociedad burguesa: el fin del hombre es tener que aceptar este estado de cosas como el único e ineludible existente posible, al que hay que ceder los propios derechos individuales de libertad. Cioran, por tanto, pone el dedo en una llaga que ha permanecido abierta durante mucho tiempo en el curso de la formación de la ideología burguesa: nos referimos a la vertiente reaccionaria del hegelismo que justifica todo lo existente y lo absolutiza con vistas a la realización del Espíritu al que el individuo debe considerarse subordinado (aunque Hegel intentó mediar, sin éxito, entre la persona abstracta y el Estado).

En este sentido, Cioran llega a concebir una «dialéctica negativa» de la esperanza (o mejor dicho, un estado de no esperanza) en oposición a lo que el filósofo marxista H. Bloch define como «dialéctica (positiva) de la esperanza», entendida como el resorte subjetivo del proceso revolucionario. Esta oposición se encuentra, sin resolver, en el epílogo (véase el homicidio-suicidio recíproco de Tiempo y Historia). La estructura lógica de este argumento se inspira, como ya se habrá intuido, en la «Filosofía del espíritu» de Hegel. La primera temporalidad se centra en el Ser ingenuo del espíritu vacío y abstracto (en sí mismo); la segunda temporalidad representa (por sí misma) la realización histórica de este Ser ingenuo del espíritu, mientras que la tercera temporalidad prepara la llegada del Ser ingenuo (en sí mismo para sí mismo) del espíritu de este espectáculo.

Estoy a punto de exclamar un gigantesco ¡BUAH! tan grande como la expresión que abre Uccellacci uccellini de Pasolini, cuando de repente se abre el telón y me encuentro con la expresión aturdida pintada de forma grotesca en mi rostro frente a un público numeroso que espera algo de mí. ¿Pero qué? Tengo que decir o hacer alguna estupidez, la primera que se me ocurra. Así que decido ponerme manos a la obra.

Lo que sigue es el informe taquigráfico de la velada.

Una maldita velada que se repite cada noche y de la que ya no puedo salir.

¡Ayuda!

5.

Una vez terminada la representación y realizadas las debidas y repetidas reverencias al público, bastante frío por cierto (al menos eso me parece por el silencio de plomo, como si la sala estuviera vacía), el Histrión Desgarbado no me alaba demasiado, más bien tiene la lengua un poco larga.

- ¿Noche aburrida, verdad? -

- No sabría decirte, pero ni una mosca volaba - intento defenderme.

- Claro - finge comprenderme. - Pero hay un silencio cuando todos los espectadores están atentos y hay un silencio diferente, un silencio de muerte cuando el actor no transmite como debe. -

Me subo a los espejos para encontrar alguna excusa: - Bueno, la próxima vez irá mejor. -

Se obstina como un clavo clavado en la madera con un golpe de martillo: - ¿La próxima vez? ¿Qué próxima vez? Puede que no haya una próxima vez, ¿verdad?, ya que esta noche ha asistido al espectáculo nada menos que el Gran Crítico del *Corriere dello Spettacolo,* el decano de toda la crítica teatral. ¿Lo entiendes, verdad? Ni siquiera me atrevo a nombrarlo por miedo a que ese dios me lance un rayo en la cabeza.

¿Y qué será, un crítico de teatro? Minimizo con una complacencia por ese «tú» referido a mí que me hace creer que por fin me consideran un compañero de trabajo, ¡un artista entre artistas! Ya era hora, ¡por Dios!

El rostro del Histrión Desgarbado se retuerce como una hoja de papel arrugada. Lo que me hace entender que empieza a verme como un subordinado, un empleado, un *sirviente de escena,* no como un colega, no como un artista entre artistas, no como un reconocimiento profesional: una forma de darme una buena patada en el culo cuando le conviene.

- Según tú, cabezón, ¿para quién hacemos el espectáculo? ¿Para el público? ¡No, señor, no! Lo hacemos para los que escriben sobre nosotros, adaptando el gusto del público al nivel de nuestra representación. El crítico crea e impone el gusto, no al revés. Si un pobre espectador, que no entiende nada de teatro, lee en las páginas del *Corriere* que el espectáculo es extraordinario, entonces juzgará extraordinario el espectáculo aunque no lo entienda o se aburra mortalmente. Esto solo porque así lo ha sentenciado el crítico que hace texto, o mejor dicho, que hace ley para quien lo lee, ¿no? - Mirtilla, este es el nombre de la hermosa cajera de la que finalmente he conseguido sonsacarle algunos datos biográficos, se limita a asentir con la cabeza.

Entonces asumo la responsabilidad de objetar: - Está bien, la noche no fue gran cosa, pero tampoco es para tirarla por la borda, vamos. El público aplaudió, no como *una ovación de pie,* pero lo hizo durante un breve pero intenso período de tiempo. -

- Sí, sí -me sigue Mirtilla, que se está desmaquillando en el espejo-, todos aplaudieron, excepto el Gran Crítico, sin embargo... - El final de su pensamiento le dibuja un velo de tristeza en el rostro, como si una lágrima de *Pierrot* le bajara por la mejilla empolvada.

- Doncella ingenua e inexperta - tronó el Ancho de hombros del actor. - Debes saber que los grandes críticos nunca aplauden porque no quieren adelantarse al juicio. El Gran Crítico registra el aplauso del público, o el desacuerdo, pero nunca participa en él. Porque si participara dejándose llevar por las primeras impresiones, no podría revisar su juicio, moderarlo si es demasiado negativo, lo que se conoce como *«acabar con él»,* o atenuarlo si es demasiado triunfante y se corre el riesgo de que surja la sospecha de que la protagonista es su amante o que el actor protagonista también lo es en su cama. El Gran Crítico permanece inmóvil, impasible, como una estatua de cera o como un dios. -

- Lo que significa que no estamos seguros de cómo se lo ha tomado - Mirtilla se siente obligada a concluir.

- *Del doman non v'è certezza...* recita el andante. Pero díganme, ¿alguno de ustedes dos lo ha visto rascarse la sien? -

- No, no me parece - repliqué. - Por otra parte, cuando actúo, me identifico tanto con mi personaje que me abstraigo completamente de la realidad como una especie de *avatar,* para expresarme con un ejemplo tomado de la *séptima arte,* ¡el cine! -

Menciono una risita por esa comparación con la gran pantalla, que provoca una mucca de disgusto en el rostro del Histrión Desgarbado y deja un poco de estuco, con la boca abierta como un bacalao, la pobre Mirtilla que no sabe si le conviene reír o enfadarse. Por lo tanto, permanece paralizada a la espera de los acontecimientos. Pero el tono del Histrión Desgarbado no presagia tormentas inminentes.

- ¿Sabes por qué se define el cine como la *séptima arte?* ¿No? Pues te lo diré yo, porque viene después de la sexta, que viene después de la quinta, que viene después de la tercera y después de la segunda. Adivina cuál es la primera arte. -

- ¿El teatro? - Me arriesgo.

- Fuego pequeño. La primera arte, querido, es la dialéctica que nace con la invención del diálogo, el llamado *razonamiento a dos* de *dia* (dos) y *logo* (pensamiento). ¿Y a qué se puede atribuir el diálogo, en tu opinión? Yo siempre te lo digo: a la arte dramática. Así que el cine viene después, mucho después... ¿dónde me quedé?

Mirtilla se ofrece a retomar la conversación: - Al Gran Crítico en la sala, eso es. Nos preguntábamos si se había rascado la cabeza durante la representación. -

- Ah - se queja el Esbelto Bufón - si un Gran Crítico se rasca la cabeza durante la función es una mala, muy mala señal. -

- Quizá simplemente le pique algo - presuma de seguridad.

- ¿Y crees que viene a rascarse el picor al teatro? Vamos, todo el mundo sabe que cuando un Gran Crítico se rasca, o se suena la nariz repetidamente, o mira el reloj, o hojea el programa de sala, o se mueve en el sillón como si estuviera sentado en una zarza de espinas, o alza la vista al cielo, o se queda mirando las piernas o las tetas de la espectadora sentada a su lado, o se frota los ojos, o estira las piernas debajo del sillón de enfrente, o se airea con el sombrero como si se muriera de calor, o si se hunde en el pañuelo hasta los ojos, o si aprieta la barbilla entre el pulgar y el índice, o si se tira de la oreja, no, en todos estos casos significa que lo que está viendo no le molesta en absoluto. -

- ¡Caramba, cuántas cosas no debería hacer un crítico para no manifestar su desaprobación! -

- Ya. Ilusionémonos pensando que su estado de ánimo negativo está provocado por los más diversos motivos, incluso independientes de la calidad de la representación en sí. Quizá aparcó en una zona prohibida y teme que le pongan una multa, quizá se peleó con su mujer porque no quería acompañarlo al teatro, tal vez tenía una cita galante y una llamada del editor jefe de la página de *espectáculos lo* obligó a acreditarlo para la reseña, tal vez tiene la próstata lenta y se le escapa la orina, tal vez le gustaría tirarse a la actriz pero acaba de enterarse de que es lesbiana, tal vez... hay mil tal vez con los que lidiar, ¿verdad? -

El razonamiento del Hombre Alto y Flaco es bastante deductivo y tanto yo como Mirtilla no encontramos argumentos para resolver la situación en un sentido u otro. Sin embargo, la chica, al terminar de desmaquillarse, tiene el buen sentido de aliviar la tensión.

- Lo he estado vigilando un rato, sinceramente no me parece que se haya movido ni rascado...-

- ¿Entonces no ha hecho nada? Peor aún: cuando el Gran Crítico no hace nada... quién sabe qué le pasa por la cabeza. - Sigue una pausa de reflexión y luego continúa: - ¿Sabéis cuál es el mejor Gran Crítico que se puede tener? ¿De verdad queréis saberlo? - Bueno, ambos estamos pendientes de sus labios. - El que no ve la obra porque se queda dormido, probablemente borracho, que se queda dormido en los primeros compases y ronca durante toda la obra. -

- Entonces, ¿hay que despertarlo con un grito, un golpe? -

- Una locura, una locura despertar al crítico que duerme. Mejor dejarlo en la cuna entre los brazos de Morfeo. Entonces, como no ha visto ni oído la obra, hablará muy bien de ella. -

- Pero, ¿cómo puede escribir sobre una obra que no ha visto?-

- Precisamente por eso, nevvero, escribe muy bien. -

Entonces me surge una duda: - Nuestro gran crítico de esta noche se ha bebido la obra de un trago. -

- Y no nos dimos cuenta de posibles picores y movimientos sospechosos - añade Mirtilla.

- Qué lástima, qué lástima no saber cómo se nos tratará, ¿verdad? -

- Entonces no nos queda más que esperar a que salga la reseña. -

El desgarbado actor me fulmina con la mirada y sisea: - ¡Me sorprendes! -

- ¿Por qué? -

- Porque frecuentando nuestro ambiente... ¿cuánto tiempo, diez o veinte años? Bueno, deberías haber aprendido que los objetivos se conquistan con esfuerzo, voluntad, insistencia y terquedad. ¿Esperar a que salga la reseña y llorar sobre la leche derramada? Nunca sufriré la vergüenza de una rendición tan mezquina ante las oscuras fuerzas del destino, ante los cambios de opinión de un Gran Crítico que dispara sus sentencias como las heces de un perro con diarrea por no haber digerido algún hueso de pollo.

Entonces, ¿qué quiere hacer?

- Yo nada, tú remángate y corre a ponerte a salvo. Porque, de verdad, una crítica demoledora en este punto de tu carrera podría ser fatal y hundirte en la anonimidad, en la mediocridad, en la nada de la que has surgido por casualidad, si acaso por mérito mío y de la presente señorita Mirtilla, a la que hemos reconocido un destello de talento. -

Ambos me miran como a un condenado a muerte que está a punto de presentarse ante el pelotón. De repente, el Histrión desgarbado agarra papel y bolígrafo y escribe dos líneas para luego entregarme el papelito: - Esta es la dirección del Gran Crítico, lo conozco porque lo acompañé a casa la noche que estaba borracho llenándole la cabeza de mentiras sobre una de mis magistrales interpretaciones. Mañana te presentarás en casa poco antes de la hora del almuerzo y le darás largas sobre los motivos de nuestra puesta en escena, ilustrarás las notas de dirección, las referencias históricas, le harás aumentar el hambre... -

- ¿De conocimiento? - Lo interrumpo ingenuamente por ese incurable ingenuo que soy.

- ¡Qué va de conocimiento! ¡De espaguetis con tomate y una loncha de carne a la plancha que le esperan en la mesa desde hace media hora! ¿Y quieres intentar discutir sobre arte dramático con él? Te haría pedazos. Te haría pedazos de un bocado, ¿verdad? Así que tienes que tomarlo por hambre para que te dé la razón y la satisfacción solo para quitarte de encima y sentarte a la mesa. -

- ¿Y si me invita a comer? -

Ambos estallan en risas. Hay algo que no va bien en mi pregunta, debo haber tocado alguna tecla en particular que ha provocado su hilaridad.

- ¿Un gran crítico que invita a alguien a un almuerzo pagado por él? Mejor que un chiste, ¿verdad? -

Mirtilla, siempre riéndose de gusto, me besa en la frente para darme el buen viaje y la bendición de su ancla. Qué chica tan encantadora, pienso mientras me meto en el bolsillo el papelito con la dirección del Gran Crítico, al que sin duda visitaré mañana a la hora del almuerzo, como me sugirió el Histrión Desgarbado.

Por la noche no hago más que dar vueltas en la cama: ¿qué le diré? ¿cómo convenceré al Gran Crítico de que modifique su juicio a mi favor? Podría mencionar mi inexperiencia, al fin y al cabo me han lanzado a la escena contra mi voluntad. Pero eso lo enfurecería aún más. Pero ¿cómo?, podría replicar, y usted sin una preparación profesional, una escuela, un curso de interpretación, un papel en alguna compañía de aficionados para hacerse los huesos, se permite presentarse en escena y tener la desfachatez de venir a molestar a un crítico importante a la hora de comer, con la astuta esperanza de que le invite a su mesa, para defender su causa perdida de antemano? Ya me veo alejado de mala manera, cargando sobre mis hombros mi mediocridad como actor y volviendo con la cabeza gacha sobre mis pasos. Pero entonces, ¿qué diré? ¿Qué haré? Sudo frío en el lecho improvisado que he hecho en el camerino juntando un sofá pequeño con un sillón desgastado y polvoriento. Con los ojos abiertos como platos, miro fijamente al techo, que no me parece un cielo despejado y estrellado, sino un paso sombrío de nubes pesadas cargadas de lluvia, truenos y relámpagos. Solo cuando me tranquilizo diciéndome a mí mismo: «Bueno, algo haré, algo diré, algo se me ocurrirá», entonces consigo dormir un sueño ligero, volátil.

No tan ligero, porque cuando Mirtilla me sacude violentamente, me doy cuenta de que he dormido hasta casi la hora del almuerzo.

- Despierta, tienes que irte, ¡es más de la una y los grandes críticos almuerzan a las dos en punto! -

Por suerte me acosté vestido y, por lo tanto, solo tengo que ponerme los zapatos y tragarme rápidamente el mismo café de mierda, también frío, que el Histrión Desgarbado me dejó junto a la hornilla eléctrica. ¡Qué asco! Mirtilla malinterpreta mi expresión de disgusto como un escalofrío de terror por el encuentro cercano del segundo tipo, el del Gran Crítico con el pobre actor.

- ¡Ánimo! -me anima- ¡No te va a comer! -

- Esperemos - me despido vertiendo con un gesto furtivo el café insoportable, una *porquería de* café como se dice en Roma, en el fregadero.

6.

La Ciudad Eterna me abraza como una vieja bruja arrugada que de repente se transforma en un hada encantadora, ahora una bruja pero luego, de repente, una reina de los cielos... una definición que me viene a la mente no por casualidad al caminar por el Lungotevere justo a la altura de Regina Coeli, la cárcel romana en Lungara de Trastevere cantada por Gabriella Ferri. Y me viene a la mente la voz ronca y profunda de esa espléndida intérprete de la canción y la poesía romana, de las baladas de historias de amor y de puñaladas como *Fiori trasteverini* que empiezo a tararear dentro de mí: *Roma bella, Roma mia / Te se vonno portà via*

Y luego, con una mirada melancólica al *rubio río* Tíber que fluye bajo el puente Umberto, sobrevolado por gigantescas gaviotas engordadas por los turistas que ofrecen restos de bocadillos y pizzas a las aves para verlas graznar y pelearse por la comida, murmuro en voz baja: *Er barcarolo va contra la corriente / Er canto suo lontano se risente...*

- Tiene una voz preciosa - me interrumpe un señor bien vestido, con chaqueta y corbata, y un paraguas sujeto al brazo.

- Gracias, pero no creo que sepa cantar. - Me burlo.

- Eso déjelo que lo juzguen los demás. A mí me ha gustado. -

- Demasiado bueno - trato de liberarme y poner fin a la conversación.

- ¡Demasiado bueno! Hace meses, ¿o años? que busco una voz tan hermosa como la suya para reemplazar a la inmensa Gabriella. -

- La Ferri es insustituible, créame - una vez más trato de liberarme.

- Yo también lo creía, ¿sabe? Al menos hasta ahora. Pero después de escucharla cantar... -

¿Se refiere a mí? ¿Se está burlando de mí? Empiezo a sospechar y entonces exclamé: - ¿Me permite una pregunta? -

- Por favor, por favor, pregunte todo lo que quiera. -

- Me preguntaba qué hace con el paraguas. ¿Lo lleva a pasear? Es un día precioso, hace sol y, como todos saben, en Roma el tiempo nunca falla. -

- Nunca se sabe. Y luego me sirve de bastón porque estoy un poco cojo, como el diablo, como él que cojea por culpa de su pierna de cabra... pero es broma, claro. Por último, podría servirme en caso de que algún malintencionado pensara que tiene fácil el juego como. Entonces me sirve no como bastón para caminar, sino como bastón de verdad. -

- Divertido - sonrío ante la explicación.

- ¿Le parece divertido? A mí no. Pero volvamos a su voz. ¿Me la daría? -

- ¿Dar? ¿En qué sentido, perdón, se puede dar una voz? -

- ¿Me la vendería, en definitiva? -

- ¿Y yo qué hago sin voz? ¿Ya no hablo? -

- Quiere bromear, ¿verdad? -

Sobbalzo. Su expresión, *¿verdad?*, me suena familiar, la he oído varias veces en boca del actor de largas piernas. ¿Me ha seguido? ¿Se ha disfrazado de este señor de mirada extraviada que, después de haber escuchado por casualidad dos de mis balbuceos apenas esbozados, quiere que haga carrera en la industria de la canción *folk?* Probablemente intuye mi incomodidad y mi actitud de repente desconfiada y sospechosa hacia él:

- No confía en mí, y hace bien. Nunca hay que confiar en nadie. Y mucho menos en un desconocido que se encuentra por casualidad, sobre todo si hace propuestas tentadoras con un aire sospechoso, excesivamente confidencial, casi familiar. Sin embargo, tenga en cuenta que aquí en Roma, en el mundo del arte, el cine, el teatro y la televisión, casi todo el mundo se conoce, se frecuenta, se asumen caracteres, connotaciones, actitudes y expresiones comunes a todos los que pertenecen al sector, en otras palabras, se uniformiza. Por eso, algunas expresiones y palabras son incluso señales de reconocimiento mutuo de pertenencia al sistema que llamamos *show business*. En otras palabras, todos estamos en el mismo barco, remamos en la misma dirección y gritamos todos juntos de la misma manera: ¡tierra! O en mi caso: ¡no jodas!, expresión coloquial típica de quienes tratan cuestiones artísticas.

El sonido de sus palabras me provoca un extraño efecto de somnolencia, de hipnosis para ser más precisos. Por suerte, un toque de claxon me devuelve a la realidad. Entonces me sacudo.

- Disculpe, pero ahora tengo que irme. Tengo una cita muy importante. -

- Vaya, vaya, no *la haga* esperar... ¡Dichosa juventud! -

- No se trata de una cita galante, es una cuestión de trabajo - puntualizo.

- ¿Trabajo? ¿Desde cuándo el oficio de actor de teatro es un trabajo? -

Creo que le lanzo una mirada lo suficientemente furiosa como para que se sienta en deuda de una aclaración: - Quiero dejar claro que no estoy diciendo que los que hacen teatro sean unos vagos. Más bien me refiero al placer y al disfrute que subyace en todo oficio artístico. Un placer, una éxtasis como lo define Platón en algunos de sus diálogos filosóficos, que borra el cansancio y el sudor de la frente. Y que se consagra en la apoteosis final de la muy merecida *standing ovation* en el momento de los aplausos. - Dicho esto, añade un perturbador ¿no? con un signo de interrogación como es habitual en mi Histrión desgarbado. Qué extraño coincidencia sigo pensando. Sin embargo, la puntualización de este señor sombrío de mirada cenicienta y fulminante me induce a bajar las plumas y guardar el hacha de guerra.

- No hay duda de eso - cierro el asunto.

- Volvamos a nosotros, entonces - no pierde tiempo.

- Yo realmente tengo prisa, me están esperando. -

- Solo le haré perder un minuto, incluso menos. Mire, solo necesito un apretón de manos. -

- ¿Para qué? -

- Para ponernos de acuerdo, claro. -

- ¿Ponernos de acuerdo sobre qué? -

- Acabamos de hablar de su voz, de su maravillosa voz, ¿verdad? -

Me quedo perplejo por un momento, me parece ridículo. Él intuye mi incredulidad y se explica mejor: - Me llamo Stefanino Pironzio y soy un cazatalentos musicales, dirijo una agencia artística y represento a algunos nombres de conocidos *artistas*. Tengo la intención de poner su voz bajo contrato, esta es mi tarjeta de visita... -

Me encuentro en mis manos una tarjeta amarilla con una dirección y un número de teléfono.

- Por el contrato, por ahora, me basta con un apretón de manos. Entre caballeros, ya me entiende, es fácil llegar a un acuerdo, ¿verdad? - y me tiende la mano con un aire tan jovial y seguro que hasta me olvido de que debo temer algún truco o algún engaño.

¿Qué será un apretón de manos? Así que le devuelvo ingenuamente la cortesía y él me sacude el brazo como si fuera la rama de un árbol del que se caen los frutos. La imagen que elaboro en este instante, transmitida por una *señal de entrada* sináptica entre la mente de mi interlocutor y mi subconsciente, es la de un manzano caído que rueda por la ladera del huerto en la colina. Cuando finalmente se detiene, noto con horror que el óvalo de la fruta tiene mi rostro, como si fuera mi cabeza la que hubiera volado. Me doy cuenta de que por un momento cerré los ojos. Cuando los vuelvo a abrir, deslumbrado por el sol romano reflejado en la corriente del Tíber, solo veo aire frente a mí, aire que mi mano agita violentamente como si estuviera electrocutada.

Qué encuentro tan extraño, pienso mientras reanudo rápidamente el paseo por el *Lungotevere*, en dirección al barrio de *Prati*, donde reside el Gran Crítico, que no me espera, pero al que me veo obligado por las vicisitudes de la pésima noche de ayer a visitar para congraciarme con él y tratar de mitigar su severo juicio.

Percibo un ligero susurro sobre mi cabeza; y al alzar los ojos al cielo, veo una gaviota de proporciones desproporcionadas y pico amarillo y amenazante, ojo inyectado en sangre, que en lugar de revolotear sobre la corriente del río en busca de presas como debería, dibuja círculos concéntricos sobre mí. Su cuerpo, en contraluz, proyecta una sombra aterradora sobre el asfalto, como si estuviera atrapado en un cono invisible del que, a veces acelerando y a veces ralentizando el paso, no logro salir. Grazia también la bestia como un buitre cuando trato de cambiar de dirección esquivando entre los parachoques de los coches estacionados bajo las plátanos de la avenida.

El Gran Crítico reside en un encantador palacete *de estilo Liberty* con jardín en el céntrico y exclusivo barrio de Prati, en una tranquila calle transversal de Viale Giulio Cesare, con vistas a la colina del Pincio y a Villa Borghese. El jardín, la verdad, no da la impresión de estar especialmente cuidado, las plantas reverdecen abundantemente gracias al clima suave y húmedo de Roma. Los parterres están cubiertos de hierbas y ortigas, varias mezclas de hierbas, algunas incluso comestibles si se saben reconocer. Espero a que alguien responda al interfono, pero no hay respuesta. La gaviota-buitre, posada en el tejado, me ha seguido hasta aquí y ahora espera a que suceda algo. Estoy a punto de repetir el repique cuando una voz graznante pregunta *¿quién es?* No sin asombro por las primeras notas, me parece percibir cierta semejanza con el grito del buitre que me ha acompañado por el camino.

- Me llamo XY y me gustaría hablar amablemente con el señor Gran Crítico. -

- ¿A qué se refiere? Mire, no voy a cambiar de operador de telefonía ni de proveedor de electricidad. ¡Que quede claro! ¡Siempre vienen a joderme a la hora de comer! -

Casi me rindo. Es una tarea demasiado ardua para un tímido como yo, cuando obviamente no estoy en escena. Pero ya que he llegado hasta aquí, más vale que me lance. Intento tranquilizarlo sobre mis verdaderas intenciones y el propósito de mi visita.

- No, no, no quiero molestarla para que cambie de proveedor o para que cambie... - Me quedo bloqueado porque surge en mí el pirandelliano *sentimiento de lo contrario* que conduce a la *fingida socialidad,* como escribe Pirandello en *El humorismo.* En realidad, estoy mintiendo, ya que mi *misión imposible* es precisamente hacerle cambiar de opinión y de juicio sobre mi pésima interpretación de la noche, que sinceramente preferiría olvidar. De hecho, por suerte, ya ni siquiera la recuerdo. Desaparecida, como por arte de magia, borrada de la mente, como si nunca hubiera sucedido.

- Entonces, ¿puede saber qué está buscando? - me pregunta el Gran Crítico, cansado de mi evasivas.

Me animo: - Robarle... - ¡Dios mío, qué estoy diciendo! y me corrijo de inmediato: - Hablar con ella cinco minutos, solo cinco minutos, sobre un asunto de teatro. -

Como si el término *teatro fuera una palabra clave*, una *palabra clave* de un código secreto y para mí siempre misterioso, de repente la puerta de la villa se abre automáticamente. Puedo entrar. Y el buitre del tejado emprende el vuelo lanzando un nauseabundo recuerdo que se estrella en el camino del jardín justo delante de mí. ¡Muchas gracias, bestia!

En el camino que conduce a la puerta de entrada del edificio de color ocre amarillo y las grecas rojo pompeyano, todo descolorido por el tiempo y las inclemencias del tiempo, me corre al encuentro aparentemente festivo un perrito diminuto, un caniche en miniatura, todo pelaje y rizos blancos, que ladra a mi dirección con todo el aire que tiene en la garganta. ¡Nada de fiestas! ¡Ladra tratando de bloquearme el paso como la feria de Dante en el primer canto del infierno!

- ¡Flip! Ven aquí Flip, bueno, a la cama... - truena el Gran Crítico añadiendo a mi dirección - ¡Y ella no tenga pura, Flip ladra pero no hace nada! -

Sonrío disimulando mi expresión como una forma de benevolencia hacia el animalito al que preferiría aplastar como a un pulgón. El perrito tal vez intuye mis verdaderas intenciones, el caso es que cuando se retira para arrojarse a los protectores brazos del Gran Crítico. Él, en lo alto de la escalera de acceso, se me aparece como una entidad superior, un numen tutelar o una amenazante divinidad capaz de lanzar rayos y centellas desde lo alto del Olimpo.

- Venga, siéntese - me abre paso.

Es un hombretón con el vientre hinchado como un morsa, el pelo escaso y blanco, una perilla a lo Luigi Pirandello tiñe su rostro de un velo blanco. En el dedo de la mano derecha lleva un gran anillo de oro con un escudo de armas, tal vez de familia o de una sociedad secreta a la que podría pertenecer. Sus ojos grises no transmiten emociones, me mira como si quisiera golpearme con una daga afilada, escudriñándome de arriba abajo. Me examina como se hace con un bistec a la florentina para ver si está hecho a la parrilla. Le preguntaría si le parece bien curado para su gusto, pero me abstengo: no es el momento de hacer bromas, ya que está en juego mi carrera como actor dramático. Mi carrera, que podría terminar fatalmente antes de empezar, si cayera en desgracia ante este hombre.

- Bueno, bueno -me anima al intuir mi malestar- ¿a qué debo el placer? -

Me gustaría y debería responder algo, pero la bestia empieza a mearme en los zapatos. Ahora nadie le daría una patada, si no me viera obligado a sufrir para no enemistarme con el Gran Crítico.

- ¡Flip! Deja de molestar al señor. Ya basta, te he dicho, perro malo... - interviene en mi ayuda antes de que se me hinchen los pies.

Finjo una risita divertida para minimizar: - Pero no, no se preocupe, no es nada. -

- No le haga caso. Hace lo mismo con todos los extraños, es una forma de marcar el territorio y establecer las modalidades de la amistad. -

¿Amistad? ¿Qué diría el chucho si yo le meara en la cabeza solo para hacerme amigo suyo? Sin embargo, me guardo la reflexión para mí y me inclino hacia ese saco de pulgas imitando el gesto de una caricia. Por suerte, estoy listo para levantar la mano porque el animal se lanza a por mí.

- Flip, eres un maleducado, ¡no se trata así a los invitados! - le regaña, bondadoso él, el Gran Crítico, para luego volver a dirigirse a mí: - Entonces, ¿qué me estaba diciendo? - Pero no tengo tiempo de abrir la boca que él vuelve a adelantarse: - Espere, espere, me parece haberla visto antes en alguna parte. Su rostro me resulta familiar. ¿Nos conocemos?

- Ayer por la noche en el teatro, yo era el protagonista de la *obra de teatro.*

- Claro, claro, ahora me acuerdo de usted, ¡el joven con gafas oscuras y un palillo en la boca! Muy bien, muy bien. Pero por favor, siéntese.

- No quisiera molestarla - trato de hacer cumplidos.

- Pero no, no, no es ninguna molestia. De hecho, ¿sabe qué le digo? Es la hora del almuerzo. ¿Ya ha comido? No, no creo, es demasiado temprano para un actor que se levanta tarde después de trabajar hasta altas horas de la noche pisando el escenario. -

- Efectivamente - no sé qué más decir.

- Entonces acompáñeme a la mesa, comamos algo juntos mientras hablamos. No me haga cumplidos, no soporto a la gente que hace cumplidos. -

El tono perentorio de su último frase me sugiere que haga buena cara y acepte la invitación para no disgustarlo. Reconozco que mis reservas también se deben a la advertencia del Hombre alto y flaco que me había hablado de la notoria tacañería del Gran Crítico: *no te hagas ilusiones de que te invitará a almorzar o a tomar un café, pagado por él, claro. Porque si lo invitas tú, ¡ya verás cómo corre!*

En cambio, contrariamente a lo previsto, me encuentro en la situación de tener que expresar un primer «*gracias*» de circunstancia, aunque no tengo hambre porque los nervios que me provoca la situación me bloquean el estómago. ¿Qué quiere de mí? Me pregunto con ansiedad mientras echo un vistazo rápido al comedor en el que el Gran Crítico me hace

sentar, seguido como un escudero por su fiel Flip. La bestia se da la vuelta para mirarme por su parte, es decir, con malicia. Entonces decido adoptar el arte de la mímica, en el que puedo decirme ya bastante experto. Rechinó amenazadoramente los dientes como él lo había hecho conmigo hasta ahora. Mensaje recibido: con un leve aullido se acurruca en un sillón mugriento y desaliñado que supongo reservado para el animal. La sala está ocupada por una mesa oscura y pesadas sillas de madera de tipo rústico, un aparador que imagino lleno de agujeros por todas partes con vitrinas de varios colores verdes y rojos. De las paredes cuelgan, como ahorcados, unos horribles retratos de finales del siglo XIX de personajes desconocidos, con un aire serio y pomposo, diría incluso ridículo. Menos mal que los tiempos han cambiado, me digo. Pero él, como si leyera mis pensamientos una vez más, me los presenta: - Son mis antepasados, pero por favor, siéntese - añade, señalándome el lugar frente a él, ambos en la cabecera de la mesa. La mesa está cuidadosamente puesta, con vasos dobles de cristal de Bohemia para el agua y el vino, cubiertos de plata, platos de porcelana fina. Al menos eso creo. Me sorprende ver que mi sitio también está puesto, como si me estuviera esperando. Y él entonces, como si leyera mis pensamientos una vez más: - El actor de grandes dimensiones, su director, me avisó de su visita, así que pensé, ya que se acercaba la hora de comer... espero haber hecho bien. -
Se sienta y destapa el plato invitándome a hacer lo mismo. Un olor nauseabundo me hiere el olfato, la vista se ahoga en una especie de sopa marrón en la que están sumergidos unos trozos de carne como náufragos en busca de salvación. Una bruschetta negra y chamuscada emerge del fondo del plato como un pecio. No me atrevo a sumergir el cuchillo en el

botín que saciaría el hambre con solo mirarlo, ni siquiera a una iena en busca de comida rancia.

- ¿Hueles eso? Espero que te guste - y comienza su atracón.

Revuelvo la escandalosa sopa con el cuchillo. Entonces me decido a abrir la boca para darle aire, de lo contrario tendré que atiborrarme de ese fango aceitoso que no parece tener nada comestible.

- Perdona mi ingenuidad... - empiezo con cierta vergüenza.

- ¡Qué va a perdonar! - por un momento mi interlocutor deja de meterse el cuchillo en la boca. - ¡Y luego su *ingenuidad!* ¿No se titula acaso *El ingenuo soy yo*, la obra de teatro en la que es protagonista? - Y sin esperar más explicaciones por mi parte, continúa impertérrito entre un sorbo de caldo y medio frase acompañado de un trozo de pan: - Entonces, ¿por qué debería perdonar su *ingenuidad?* Tenga en cuenta que en el teatro nunca se perdona nada a nadie. El juicio crítico del director es siempre severo, como también es inapelable el del público. Me explico: usted es *ingenuo en* la ficción de la representación teatral que deja un rastro, un aliento, también en la vida real, cotidiana, ya que lo que se representa de alguna manera, lo quiera o no, se es. Y si no lo es, se llega a ser. ¿Está claro?

No tengo nada claro su baile, pero asiento de todos modos para mantenerlo contento el mayor tiempo posible. Al fin y al cabo, mi *misión imposible* es apaciguarlo, no contradecirlo ni ponerle palos en las ruedas. Y para darle aún más satisfacción, me sirvo una porción repugnante de esa pésima sopa de verduras.

- Cuando se dispara la mecha de la *ingenuidad,* volvemos a ser niños, pero seguimos siendo *actores de por vida,* ¿verdad? -

Ese «*¿verdad?*» me hace dar un respingo en el asiento. Una rodaja de zanahoria de la sopa se me cae del cuchillo y genera una pequeña erupción de magma, una salpicadura de lava incandescente me golpea en plena pecho, justo en la camisa blanca que había puesto para la ocasión. ¡Y que lo digas! Fingiendo la máxima tranquilidad como si fuera una cosa sin importancia, me froto lentamente el dedo en el enorme manchón que, estoy casi seguro, provoca una sutil hilaridad en mi comensal, que sonríe ante mi torpeza.

- Entonces, ¿quiere hablarme de un *asunto teatral* que probablemente le concierne muy de cerca? -

Balbuceo solo un lacónico: *en efecto...*

- Estoy seguro, querido amigo, de que ha venido a defender su trabajo, su *actuación,* en el tormento, en la duda que siempre se apodera de los artistas de no haber dado en el blanco, de haber ejecutado su arte en voz baja, de no haber convencido ni al público ni al Gran Crítico, es decir, a quien suscribe, presente de forma totalmente excepcional en esa sala que definir *como teatro* es una ofensa a la musa Melpómene, protectora del arte dramático. ¿Queremos, pues, llamar con su verdadero nombre a lo que vosotros, jóvenes teatreros de hoy, definís *espacio,* es decir, *topaia?* -

Me mira directamente a los ojos, como si quisiera provocar una reacción mía. De hecho, la conversación no me desconcierta: ¿topaia el teatro en el que actúo? ¡Vaya, qué decir! A mí, por el contrario, me parece un salón de primera, con sillones de terciopelo, lámparas de araña de cristal, una chica guapa haciendo de *máscara, cajera, ayudante de dirección y actriz...* etcétera, etcétera. No me gusta nada oír que se trata de un *desastre total* habitado por ratas y cucarachas, como tampoco me gusta la sopa de verduras que me echo en la boca más para taparme la boca que para satisfacer el paladar. ¡Oh! ¡No soy el Gregor Samsa de *La metamorfosis* de Kafka! Aunque... aunque, estoy reflexionando... siempre podría llegar a serlo, no digo una cucaracha de verdad, ¡faltaría más!, sino el personaje del novela para traducir a la escena. Me sentiría bien en la piel de Gregor, y también en la de la cucaracha, siempre por ficción escénica, claro.

Miro la papilla en el plato y me doy cuenta de que estoy sumergido hasta el cuello como en el arenas movedizas de un pantano rancio y fangoso. Una carga insoportable en el estómago sube por mi esófago y me oprime la garganta como si estuviera a punto de vomitar. Estoy seguro, ¡muy seguro!, de que si abriera la boca ahora sería solo para vaciar mis intestinos.

- Hemos comido demasiado, ¿verdad? - provoca el Gran Crítico. - Se sabe, además, que los cómicos no están acostumbrados a tener la barriga llena, que es una condición para una mala actuación entre regurgitaciones, eructos y, si me permite, algún pedo de más. Esto también les sucede a los grandes actores en el esfuerzo de la interpretación y la concentración... -

Me gustaría mandarlo al diablo, pero aunque pudiera decir una palabra con la boca pegada por la salsa que me ha dejado un sabor repugnante en las papilas gustativas de la lengua y el paladar, está ese reiterado *no,* un *no* espantosamente *de ja vú*, ya visto y oído en abundancia, que me paraliza los músculos de la mandíbula. ¿Estoy en medio de un gigantesco malentendido? ¿O de una conspiración? ¿O incluso de un engaño? ¿Qué puede haber detrás de esta *puesta en escena* en la que creía ser el protagonista y que, en cambio, me convierte de repente en un conejillo de indias? Maldita sea, me susurra una vocecita interior que haría mejor en escuchar en lugar de quedarme con la mirada fija en la sopa de no se sabe muy bien qué.

Mi silencio, mi falta de reacción, desencadena al Gran Crítico, que entonces se siente con derecho y quizás con la obligación de llevar la conversación en una sola dirección, es decir, la suya, balbuceando como un oráculo y soltando citas a diestro y siniestro que se me escurren como la bazofia que se derrama del cucharón que sigo revolviendo mecánicamente en el plato, entre ensimismado y atónito o ausente. Grotowskj, Stanislawsky, Majakowsky y no sé cuántos *aski* y *osky* del repollo... y he aquí que, como por arte de magia, no te da tiempo a nombrarlo cuando aparece el diablo, encuentro un trozo de repollo en la sopa. ¡Cuando se dice la materialización del pensamiento inconsciente! Palabras grandilocuentes vuelan en mi oído para salir vacías de sentido por el otro lado: teoría del personaje, concentración, meterse en el papel, introspección, interpretación, dicción, configuración de la voz y el cuerpo, construcción de la figura dramática, improvisación, ponerse la máscara, romper la *cuarta pared* (al menos esto lo sé, me lo explicó en su momento Mirtilla), producir catarsis. Siento que mi cabeza da vueltas y delante de mí, en el plato, la sopa también da vueltas en un remolino infernal que me arrastra hacia abajo, cada vez más abajo.

Una extraña torpeza invade mis miembros, los sonidos me llegan amortiguados, lejanos, luego de repente ensordecedores, la realidad se hace añicos en una miríada de pedazos como fragmentos de un espejo roto, el comedor se extiende ante mí como un pasillo infinito, una puerta del Infierno que se abre y se cierra, es la boca del Gran Crítico en la que me veo aparecer entre sus dientes que trituran mi marioneta emitiendo bocanadas de humo de olor nauseabundo, a azufre, y yo grito, grito... pero ¿soy realmente yo quien grita o es otro quien grita en mí, que grita de dolor punzante mientras sus huesos son triturados y escupidos fuera, lejos, en el jardín.

7.

- ¿Te ha invitado a comer el Gran Crítico? ¿Pero estás loco? ¿Estás ahí o estás ahí? - me increpa el Bufón Desgarbado a mi regreso, dándome la sensación de que ya sabe el resultado de mi encuentro sin que yo le haya confiado nada todavía. - Te ha invitado él, de acuerdo, pero eso no es un buen motivo. Debiste haber rechazado la invitación, inventar una excusa, ¿qué sé yo? Decir que tenías una cita importante, disculparte, exponer tu *pretexto,* en fin, tu causa que defender y largarte. En lugar de eso, pusiste en duda tu dignidad profesional. Un actor no acepta invitaciones de un gran crítico, no come gratis en su casa. Un actor que acepta la comida de un Gran Crítico no es un profesional, sino un aficionado, es decir, un perro hambriento que toma el hueso del primero que se lo ofrece.-
- ¿Y yo qué sabía de todo esto? -
- La ley no admite la ignorancia. Y lo mismo ocurre con las leyes no escritas de quienes trabajan en nuestro sector. -
- ¿Y sería este sector? - La afirmación me recuerda las palabras del agente teatral que quiere contratar mi voz.
- No sería, ¡es el *show business!* -
- Me parece haber oído este término en alguna parte. Justo hoy me encontré con... -
- Lo sé, alguien que te engañó sabiendo que querías conseguir una buena crítica. Conozco a ese tipo, es un actor de tercera categoría, envidioso de tu éxito, que quería hacerte perder el tiempo, montarte la cabeza, retorcerte y ensartarte como se hace con un pollo en el asador, ¿verdad? -
- Él también decía siempre «¿verdad?», «¿verdad?» por aquí y «¿verdad?» por allá, y el Gran Crítico también. -

- ¿Te sorprende el hecho de que personas del mismo entorno hablen el mismo idioma usando términos similares o idénticos? -

- Hay algo que no cuadra en esta historia. -

- Eres tú el que no cuadra, el que está fuera de lugar. Con el riesgo de quedarte fuera del equipo. Seamos sinceros, seamos objetivos, no puedo llevarte a cuestas como una carga, tendré que renunciar a tus prestaciones si te vuelves inútil y contraproducente para el éxito del espectáculo. Sería un problema si el Gran Crítico hiciera ahora una *mala crítica,* me vería obligado a expulsarte como se hace... -

- ¿Con mierda, quiere decir? - le hago sospechar angustiosamente.

- ¿No querrás decirme que te has permitido...? -

- Sí, me he permitido. ¡Y cómo! - tengo la cara dura de empeñarme.

- ¿Y dónde la habrías hecho? ¿En la silla? ¿En la alfombra? - Parece preocupado y luego estalla en una risa demasiado fuerte como para no delatar una vaga incertidumbre: - ¡Pero qué va, que te estás burlando de mí! -

- En el jardín, lo hice en el jardín detrás de un arbusto porque me escapaba como una erupción que brota del vientre de un volcán. ¿Contento? -

- ¿Un arbusto de rosas frescas en el jardín de la villa del Gran Crítico? -

- Exactamente, ¿cómo lo sabe? -

El desgarbado bufón me mira con los ojos muy abiertos y con expresión sombría, su expresión se deforma al retorcer el rostro sin saber si reír o llorar. Luego decide enfadarse:

- ¡Maldita sea la miseria asquerosa y bastarda! ¡Incluso le has manchado su querida planta de *rosa canina*! -

- ¿Qué sabe él de que se trata de su querida *rosa canina*? -

- Porque cuando nos hace el honor de visitarnos para escribirnos una reseña, siempre se pone una rosita fresca en el ojal, una rosita de ese arbusto en el que tú, maldita sea, defecaste como un salvaje que no sabe contenerse. -

- Bueno, pero en el montón de heces no está escrito mi nombre, podría haber sido Flip. -

- ¿Y quién es este Flip? ¿Su perro? ¿Ese perrito que parece haber sido parido por una ratoncita? ¿Y un animal de tal tamaño, según usted, genera un producto intestinal a la medida de un hombre que se ha atiborrado de comida incomestible? -

- ¿Qué sabe usted de si era incomestible? ¿Lo probó antes que yo? -

- Si usted se lo comió y él se lo ofreció «generosamente», significa que era incomestible, de lo contrario no lo habría invitado. Simplemente quería deshacerse de él, encontrar un canal de eliminación, ¿verdad? -

- Y lo encontró, ¡no lo dudes! -

- ¡Oh, Dios mío! ¿Y ahora qué? -

- Y ahora, nada. Lo hecho, hecho está. Esperemos que no se dé cuenta, que el proceso de descomposición se acelere por algún milagro de la microbiología o la ayuda de moscas, mosquitos y hormigas. -

- Ay, hemos llegado a confiar en las hormigas y los mosquitos - se toma la cabeza entre las manos en señal de desesperación. -

- Habrá consecuencias, ya verás mañana en el *Corriere dello Spettacolo* que crítica, te has arruinado la carrera si eso se venga de la injuria, ¡amigo mío! -

- ¡Pero qué carrera! - me quejo. - Yo no quería ser actor ni tampoco autor de teatro, ¡vosotros dos me obligasteis a hacerlo dándome ideas en la cabeza! -

- ¿Nosotros dos? Pero yo qué tengo que ver, ¡yo no he hecho nada! - llora Mirtilla.

- Sí, precisamente vosotros dos. ¡Qué *extraña pareja!* Tú con dos parachoques delanteros que despertarían a un eunuco borracho de bromuro; y tu digno compañero, el desgarbado actor con sus malditos *nevvero,* me habéis dado vueltas como a un calcetín, ¡uf! -

Ambos quedan interdictos, de piedra diría quien sepa escribir mejor que yo, por lo demás no pondero las palabras en este momento, solo pienso en concluir triunfalmente mi *disparate.*

- ¿Sabéis lo que hago ahora? ¡Me voy a dormir y buenas noches a los músicos! -

Los dejo plantados y me escondo en el camerino para hundirme en mi lecho. Caigo al instante en un sueño profundo como si estuviera obnubilado por algún extraño brebaje somnífero que nubla la mente.

Sin embargo, la noche me reserva una grata sorpresa. Mirtilla, sigilosa como una gatita en busca de calor, se acurruca a mi lado, se aprieta contra mí, me tapa, me tapa, se frota contra mí. Y finalmente sucede lo que siempre pudo, o mejor dicho, debió suceder. No entro en detalles, primero porque soy un caballero y, segundo, porque no recuerdo nada al despertar. Además, ¿qué importa si he soñado o si he *fantasmeado con* (¡caray, qué palabra me ha salido de la boca!) una realidad virtual, si esta, la realidad, parece más verdadera, o verosímil para ser más precisos, que una construcción onírica?

Claro que la pesadilla de la *poda de* mi *Corriere dello Settacolo* me causa cierta ansiedad en el subconsciente, por lo que no puedo disfrutar del momento mágico de la unión carnal con Mirtilla. ¿Ficción? ¿Sueño? ¿Realidad? ¿Fantasía erótica? Un poco de todo, basta con saber conformarse con lo que pasa.

Si la noche es dulce, el despertar es brusco. El rincón junto a mí donde se había acurrucado Mirtilla ahora está frío y vacío como la tumba de un antiguo romano, abro los ojos de golpe porque el cadáver viviente del Istrio Allampanato me golpea en el hombro y me sopla en plena cara su aliento fétido que es una mezcla de ajo, cebolla y algo más que no logro descifrar, tal vez queso rancio. ¡Despertarse así de golpe es como ser invitado a una barbacoa por el mismísimo Satanás! El cadáver viviente sigue golpeándome en la cabeza con una copia enrollada del *Giornale dello Spettacolo,* como un porra en manos de un policía enfurecido en una manifestación estudiantil.

- ¡Ha salido la reseña, maldita sea! - sigue sacudiéndome como si fuera un saco de patatas. Su tono fúnebre no presagia nada bueno. Suspiro un *«vale»* desinteresado y bostezo extendiendo los brazos. Al fin y al cabo, era de esperar, además tengo que hacerme a la crítica negativa: no se puede gustar a todo el mundo, sobre todo no a todo el mundo le puede caer bien el Gran Crítico que sabe más de teatro que el diablo.

- ¿Es muy mala? - Finjo cierto desinterés.

«Ahora viene una *muy negativa,* o una *pésima,* o incluso una *desastrosa,* acompañada de un *¡estamos arruinados!*

En cambio, *mutatis mutandis,* el desgarbado bufón me hace estallar en los tímpanos una risa grotesca, pantagruélica, cavernícola, primitiva, esotérica... basta ya de adjetivos, digamos solo como la de Polifemo cuando se come a los marineros de Ulises.

- Es precioso, cabeza dura, escucha esto - y empieza a leer después de aclararse la voz con un gargarismo de uña de oro:

- Pues bien...

El espectáculo es una posesión visionaria, un auténtico atentado contra el hombre y el legado estructural de su narración, la aparición obscena de un sátiro con patas de cabra y cascos, un puro escarnio del sentido. Según el autor e intérprete, el Señor XY, de hecho, la comicidad no es un reflejo de lo social, es una manifestación indecente, dionisíaca y amoral que trastorna el orden proyectado por el hombre sobre las cosas, un cortocircuito entre ese maravilloso caos que es la naturaleza y el sentido que la raza humana le ha proyectado arbitrariamente. El fauno arquetípico, por lo tanto, se despertará en un contexto enrarecido y surrealista, cantando el fracaso universal.

Se interrumpe, me mira con dos ojos tan grandes como dos huevos fritos por la sorpresa y suspira: - ¿Entiendes? -

- No mucho, y además la historia del fracaso universal sinceramente no me va a molestar. -

- Ahora lo entenderás mejor, escucha...

XY, creador del personaje trágico y al mismo tiempo hilarante, aunque demoníaco, de «Scacazzo»... Bueno, aquí te lo has buscado, ya que le has destrozado el rosal, pero continuemos... *se define con razón como el mejor cómico moribundo. Lo que, aunque representa un oxímoron, un contrasentido, se acerca a la verdad. En el sentido de que solo de un cómico moribundo puede surgir un cómico capaz de exorcizar la muerte misma y, por lo tanto, reírse de su propio final. No en vano la figura de Pulcinella, que se remonta a la antigua Etruria y a la farsa de Atella, nace del huevo como el pollito, huevo símbolo de renacimiento y fecundidad.*

Mirtilla asoma con el rostro extasiado, viste un albornoz blanco y tiene el cabello aún enjabonado como si hubiera salido corriendo de la ducha al oír la lectura en voz alta y clara. Y destaca el final: *de renacimiento y fecundidad.*

Es en este maravilloso y arcano coágulo de sangre donde se sumerge el espacio teatral, arrastrándonos con él a XY, que transforma el delantal blanco de Pulcinella en una moderna ropa interior, calzoncillos y camiseta sin mangas igualmente blancos y llamativos, pero manteniendo el negro que le oscurece el rostro, el barba tupida e hirsuta, como una máscara que se remonta a la noche de los tiempos.

Y Mirtilla, presionando su yema del dedo en su barbilla, cada vez más asombrada: *¡la noche de los tiempos!*

XY redibuja así el camino de la humanidad a través de la tragedia del chivo expiatorio, inicialmente revestido de un pesado pelaje como se solía hacer en las antiguas tragedias áticas, la piel de cabra que se lleva para engañar a Dioniso y cautivarlo con la representación de su tragedia humana (de ahí «tragos», cabra, y «oedia», canto), guiada por un fauno que representa al dios encarnado para escuchar el lamento. Y parece que el dios fauno también cae en la trampa y presta atención a la criatura que intenta cortar los hilos de su destino.

Pobre chica, presa casi del delirio, vuelve a repetir como si fuera una fórmula mágica: *¡corta los hilos de tu propio destino!*

Así, el «pez» o el pájaro que el Actor invoca y toca como una presencia fálica y símbolo de vitalidad efervescente es una invocación a las bacanales orgías que el Dios Fauno se dispone a desencadenar previa flagelación y sacrificio del chivo expiatorio, ahora abiertamente y trágicamente humano y ya no caprino, que soporta con arrogante obstinación y propensión al mal todos los golpes del destino enviados por Dios.

Ahora Mirtilla se preocupa y adopta un aire preocupado repasando las palabras: *todos los golpes del destino enviados por Dios.*

La obra de XY es una verdadera pieza de la historia del teatro que revive en su esencia más pura y primigenia. Es un salto de milenios hacia atrás, pero —entiéndase bien— para tomar impulso y dar un portentoso paso adelante con las botas de las Siete Legiones del Arte. En un instante se anulan las dramaturgias en el escenario, se borran los guiones y los escenarios, se ponen a cero los artilugios, se apagan los fuegos fatuos de la comedia burguesa. En el escenario solo queda la cadena de sangre, del ghénos, que une al público y al actor en una catarsis que transforma al víctima en verdugo de quien lo escucha en un vuelco de planos y emociones: ahora es él, el chivo expiatorio, quien nos azota a nosotros, los espectadores, que subimos al altar en el que a su vez debemos ser sacrificados.

El miedo de Mirtilla se convierte casi en temblor, tal vez por el frío, ya que todavía está toda mojada y descalza, pero sin duda también por el peso específico de lo que logra percibir: *nosotros, los espectadores, que subimos al altar en el que a su vez debemos ser sacrificados.*

Y de repente, el concepto de «experimentación» también se desvanece, si es que aún se puede hablar de algo que se le parezca. Releer a Pirandello, reescribir a Shakespeare, Perlini y Carmelo Bene, Rem&Cap, Quartullo y Leo: que se vayan todos a tomar por culo. El teatro vuelve con XY a su punto lucidiano en el que no hay nada y, sin embargo, en él, está todo. Al punto de partida, en definitiva, entendido como destino final más allá del cual no hay más que el vacío sin sentido.

La joven me mira con expresión perdida: *el vacío sin sentido.*

Es aquí donde XY parece encarnarse en figuras que nacen del delirio y la sangre bárbara de un Macbeth o un Enrique IV: precisamente porque la revelación solo puede ser operada dramaturgicamente por el más extremo de los locos. La hilarante olimpiada de los tics nerviosos o las llamadas a la línea gratuita del locura son síntomas de un mal extremo, la vida, que nos obliga a llevar máscaras y personalidades, identidades que no nos pertenecen. Así, XY convierte a su chivo expiatorio en una especie de víctima social que se oculta a sí misma, que se convierte en algo distinto de sí misma para los demás, mientras el fauno golpea el suelo con los pies y sigue recordándole que la vida es una carrera hacia el dolor y la nada: que no se haga demasiadas ilusiones, el Hombre. Así que es mejor engañar a los hilos del destino, hacer trampas con las cartas, fingir estar loco... o estarlo al fin para reírse y disfrutar de su mal y de su miseria y sufrimiento.

De repente, se abre la espléndida sonrisa de Mirta: *para reírse y disfrutar de su mal y de su miseria y sufrimiento.*

Un espectáculo que no hay que perderse, que hay que estudiar, que hay que releer a la luz de un par de textos, como por ejemplo Los orígenes de la tragedia y de lo trágico de Mario Untersteiner.

Mirtilla, finalmente libre de toda preocupación, intuye, después de temer y luego esperar por mí, que se trata de mi triunfo, de mi apoteosis, de mi apogeo: con un salto de pantera se me abalanza con un ímpetu que la buena y bella chica no sabe contener, y comienza a besarme la frente, las mejillas, el boca. Se desabrocha el cinturón del blanco albornoz y su cuerpo aún húmedo y perfumado con gel de baño me embriaga al igual que la reseña del Gran Crítico. Todo mientras el actor de largas piernas balbucea *«excelente, fantástico, buen golpe».* Hasta el fatídico *«¡muy bien, muy bien!»,* que me hace girar la cabeza (¡como las dos *manzanas delicias* que Mirtilla me agita descaradamente bajo la nariz!).

- ¡Un éxito! ¡Nada de críticas despiadadas! Una crítica que desplaza el eje profesional y tu horizonte personal de eventos como autor e intérprete desde el nivel amateur, diletante, hasta las cimas más altas y nobles del arte dramático, ¿verdad? -

Mirtilla no pierde tiempo y añade más leña al fuego: - Esta noche tendremos un montón de gente, un *lleno total,* los espectadores harán cola fuera del teatro. Ya oigo el teléfono sonando en la taquilla para las reservas. -

De hecho, oigo un insistente zumbido desde la lejana taquilla.

- Es una pena que el teatro sea pequeño para ocasiones como esta - se lamenta el actor de piernas largas - una ocasión única. Aquí harían falta al menos mil butacas. Tenemos pocas, pero nos las arreglaremos. Bueno, ahora vete a descansar un poco, será difícil mantener al público esta noche, tendrás que darlo todo. -

- Lo haré lo mejor que pueda. -

- Lo mejor no es suficiente, aquí se necesita lo óptimo, lo excelente, ¡lo superlativo! -

El teléfono de la taquilla no deja de sonar durante toda la tarde. Podría meter la cabeza debajo de la almohada para no oírlo, descansar a la espera del estreno, pero algo, llamémoslo orgullo o presunción, me hace estar con los oídos bien abiertos porque, al fin y al cabo, todos me están buscando, se mueren por verme, por oírme actuar. Y esto no me deja indiferente, al contrario, me siento honrado y exaltado. El hecho es que el dulce *drrriiin* del teléfono me sirve de canción de cuna, como un melodioso canto de gloria entonado por la Musa. Sueño con mi cabeza ceñida de laurel, llevado en triunfo, admirado, amado, aclamado, envidiado, cortejado...

- ¡Que sale a escena! - me despierta de un sobresalto el Histrión Desgarbado con la típica frase con la que se llama a los actores a tomar asiento en el escenario para la apertura del telón.

- ¡Pero todavía tengo que maquillarme! - trato de rebelarme contra los empujones con los que me empujan a escena.

- Pero qué maquillaje y qué maquillaje, no necesitas maquillaje, te gusta tal como eres, *ingenuo*. -

No tengo tiempo de ajustarme la camisa en los pantalones cuando el público me sorprende con la tienda abierta y los zapatos desabrochados. La primera carcajada del público es automática, inevitable, ¡como si lo hubiera hecho a propósito! Luego, en la sala, se hace el silencio. Un ojo de buey me apunta con un haz de luz que me sigue como el sombra sigue al cuerpo. Quizás debería decir algo, pero no recuerdo el chiste. Tropiezo y caigo estrepitosamente. Otra carcajada del público. Entonces me levanto, miro al patio de butacas y veo una figura familiar sentada en la primera fila, pero sí, es él, el agente teatral que me dio la mano antes de firmar el contrato para contratar mi voz, me sonríe como un tiburón a un bacalao. Sí, debería decir algo. ¿Pero qué? No recuerdo el guion, y ni siquiera recuerdo si alguna vez tuve un guion. Probablemente no. Entonces solo me queda improvisar, abrir la boca y darle aire, lo intento, me esfuerzo, pero no sale nada, solo un silbido, como si el aire saliera de mis pulmones como el aire de un globo pinchado. No solo no tengo palabras, sino que ni siquiera tengo sonidos que emitir. Es una tragedia. El público empezará a abuchear, empiezo a temer, la desgracia, ay, será completa.

Para mi gran sorpresa, en cambio, siento decenas, quizás cientos o, ¿por qué no? miles de miradas que cuelgan de mis labios esperando un significado, un sonido, una señal de vida que no quiere salir de mi garganta. Me llevo las manos al cuello, no para estrangularme, no, señores, sino para exprimirme para que salga algo de mí. Pero no sale nada. Me pongo colorado, siento que la sangre me sube a la cabeza, empiezo a ahogarme, me falta oxígeno, resoplo jadeando sobre las tablas del escenario. En este punto ocurre el milagro: desde el patio de butacas comienza un aplauso, al principio solitario y tímido, y por el rabillo del ojo me doy cuenta de que es el agente teatral sentado en primera fila quien da el pistoletazo de salida. Y para mi gran sorpresa, en lugar de abuchearme y mandarme al diablo, el público imita a la *claque* dedicándome una ovación creciente, una verdadera, bastante inmerecida a decir verdad, *standing ovation*. Me aplasto como muerto en el escenario: ¡es un triunfo del público! Se cierra el telón, ¡qué liberación!

- ¡Excelente trabajo! - me felicita el actor larguirucho al llegar a mi camerino.

- Pero si no he hecho nada, de hecho, menos que nada, ni siquiera podía respirar - objeté.

- Es un arte, ¿verdad?, incluso el de transformar el clásico bloqueo del actor que no recuerda nada de su papel en un papel memorable: has interpretado de una manera muy realista y memorable el papel del ingenuo que olvida el papel.-
- Será - suspiro mirándome en el espejo sin reconocerme. ¿Quién es ese individuo frente a mí? Sonríe como un tiburón frente a un bacalao fresco. ¿Soy yo o no soy yo? Y si no soy yo, ¿quién soy? ¿El Gran Crítico, el Desgarbado Actor o el Agente Teatral, todos con sus malditos *¿verdad?*
No tengo tiempo de extraer del espejo una imagen nítida en ese *remolino de* rostros que se amontonan en mi mente porque Mirtilla irrumpe en el camerino cerrando la puerta tras de sí. Desde el pasillo oigo un gran murmullo.
- El público te reclama, quiere verte, felicitarte, estrecharte la mano, que les firmes un autógrafo... también hay *VIP,* date prisa, ¡no los hagas esperar! -
- Están todos locos, todos estamos locos - exclamo poniéndome a disposición de mis nuevos *fans.*
- Ve, ve - me anima el Hombre delgado y gracioso. - Luego mañana hablamos de futuro. -
¡Caramba, cuántos son! Muchos espectadores hacen cola en el pasillo frente al camerino y me esperan para felicitarme, abrazarme, darme palmaditas en la espalda, besos, sonrisas, besitos untados de lápiz labial, apretones de manos. ¡Parece que nunca han visto a un actor! Me animo después de haberlos espiado por la puerta entreabierta y salgo como un pollito que cae del nido. Me recibe un aplauso desmesurado que me hace sentir un poco avergonzado, la verdad, porque al fin y al cabo no he hecho más que interpretar el papel de alguien que no sabe actuar. Evidentemente, lo he interpretado tan bien que ha sido más que convincente. Firmo autógrafos a diestro y siniestro, me hago inmortalizar sonriendo en *selfies de* personas

desconocidas que algún día podrían presumir de mi amistad. Pero este es el precio del éxito, la otra cara de la moneda de la popularidad, la cuenta que hay que pagar por estar en la cresta de la ola: es inútil oponerse a la corriente que te lleva hacia arriba, me digo a mí mismo, cueste lo que cueste. La procesión del público en éxtasis que ha venido a mostrarme su agrado en el camerino pasa lentamente ante mí: tantas caras como *fotogramas* de un largometraje con una miríada de personajes, sinceramente demasiados para fijarlos en la memoria. Sin embargo, el último espectador que me visita es un conocido reciente, el que en primera fila me enseñaba los dientes como un tiburón a un bacalao de paso: el agente teatral al que le había hecho una vaga promesa sobre un posible contrato de grabación para mi voz, que según él es sublime.

- Un autógrafo, por favor - se apresura a entregarme papel y bolígrafo. La petición no me sorprende demasiado, de hecho, estoy seguro de que su admiración por mí no tiene límites.

- Con mucho gusto, exclamo al recibir el bolígrafo de sus manos. Y pongo mi autógrafo en la hoja de papel inmaculada, blanca como una manta de nieve inmaculada, ni una marca, ni una mancha, ni un matiz en la superficie del papel. Pero al devolverle el bolígrafo noto un destello luciferino en su mirada.

- Gracias - me dice con un tono excesivamente servil, al límite de una sutil, insidiosa e irritante ironía.

- De nada - susurro impresionado porque siento que algo no cuadra. Quizá hay algo podrido en Dinamarca, pienso emulando a Hamlet. Me basta poco para entender, vuelvo a bajar la mirada sobre el papel que estaba absolutamente libre de marcas, lo juro por la cabeza de mi madre, y veo aparecer primero en transparencia, luego cada vez más claramente un texto, una forma contractual, con códigos y codicilos, argucias de embaucador en las que aparece la frase: ¡cesión de todos los derechos!

- ¡Eh, caramba! - exclamo enfurecido al darme cuenta del truco barato del prestidigitador estafador pero bastante inexperto que deja entrever el engaño.

Intento arrancarle el papel de las manos al estafador, pero me encuentro a mí mismo luchando como un pez fuera del agua, ya que no hay rastro de mi interlocutor. ¡Intento gritar al ladrón! ¡Al ladrón! Pero de mi boca salen una vez más jeroglíficos extraños e indescifrables. Mis fans malinterpretan mis espasmos e interpretan mi voz controlada por otro que no soy yo como un bis inesperado, así que en lugar de perseguir y descubrir al sinvergüenza que se ha apoderado legalmente, aunque con engaño, de mi voz para hacer un negocio con ella, se parten de risa como niños en el zoo ante el espectáculo de un oso amaestrado.

Agotada la teoría de los espectadores que me estrechan la mano y me echan los brazos al cuello, se adelanta el desgarbado bufón que, a contraluz, parece el espectro de don Quijote: tan diáfano y volátil que las lámparas lo atraviesan con su reflejo gélido. Debe haber presenciado la escena de mi improvisada firma en el papel que me puso delante con la excusa de un autógrafo del agente teatral.

- Inconsciente - me reprocha - eres un maldito ingenuo, como en la *obra de teatro* que interpretas. Un despistado, un bobo, y ahí me quedo. -

- Quizás nos estamos tapando la cabeza antes de romperla - trato de minimizar el problema

- ¡Claro que no, claro que no! ¿Y realmente te ilusionas con que un agente teatral pierda el tiempo en que te firme un autógrafo? Si lo ha hecho, querida mía, ¡significa que hay un truco debajo! -

- ¿Qué truco? - grito asustado.

- ¿Y qué sé yo de lo que pasa por la cabeza de un agente teatral? Qué plan puede producir su mente chiflada dedicada solo a joder al prójimo. No tengo una bola de cristal, o como se llame eso, sí, bueno, la bola de cristal, ¡no! -

- Seguro que hay un remedio legal, una escapatoria, una sutileza a la que recurrir y a la que aferrarse. Al fin y al cabo, me han estafado la firma con engaños. Un verdadero timo, la tinta simpática que aparece en el papel de repente, cuando el mal ya está hecho. -

Me fulmina con la mirada: - Cállate, déjame pensar. -

Empieza a moverse arriba y abajo, pensativo, tocándose la barbilla. Se detiene de repente, como fulminado por una idea brillante: - Lo primero es poner a salvo tus ahorros. ¿Tienes?

- ¿Mis ahorros? Claro, algo tengo... -

- Y también tus propiedades. ¿Tienes? -

- Poca cosa, pero... -

- ¿Tienes miedo? Yo en tu lugar lo tendría. Así que haz lo que te digo. -

- ¿Miedo de qué debería tener? -

- Podría demandarte por incumplimiento o por onerosidad sobrevenida del contrato si no le produces los beneficios que seguramente estarán previstos en el escrito que has firmado. -

- Sinceramente, no estoy informado sobre estos aspectos. -

- Bravo. Pero la ley no admite ignorancia ni ingenuidad. Dura lex sed lex. Ser tonto, nunca es una buena excusa, sobre todo en un juicio. -

Y vuelve a cavilar.

- Entonces, ¿qué hacemos? - interrumpo su soliloquio.

- Aquí hace falta un príncipe del foro. -

- ¿Para hacer qué? -

- Eso se lo tienes que preguntar a él. -

- ¿Él... quién? -

- El Buitre, perdón, quería decir el Abogado. Solo hay uno disponible que se ocupa de los asuntos legales y burocráticos de nuestra compañía. Da la casualidad de que ha venido a ver el espectáculo esta noche. Si quieres, te lo presento, aunque no sería necesario porque le has firmado un autógrafo. -

- ¿A él también? Bueno, hagámosle sentar, si es tan amable de aconsejarnos. -

Como si hubiera escuchado mis palabras al espiar nuestro diálogo, aparece un hombrecillo serio, elegantemente vestido con un traje de rayas quizás un poco excesivo que lo hace parecer un Al Capone en miniatura, es decir, un Al Capino... ¡menos mal que todavía tengo ganas de bromear! Huele como un crisantemo mantenido con vida para la enésima funeraria con un toque de laca para el cabello y desodorante barato. Un *sombrero Borsalino* demasiado grande para su cabeza le oculta la calvicie, que se revela en toda su devastadora magnitud cuando se quita la gorra y el impermeable para acomodarse sin haber recibido invitación alguna a mi lado frente al espejo de maquillaje iluminado por media docena (es decir, seis, las he contado y vuelto a contar) de bombillas. Una de ellas emite luz intermitente debido a un falso contacto. Me mira fijamente en el espejo con su mirada aguda, punzante, luciferina. Luego, sin decir una palabra, abre el *Ventiquattore*, saca un expediente y me lo pone delante.

- Firme aquí, aquí y luego aquí - me dice con tono perentorio. Me detengo por unos instantes para estudiar los papeles. Están redactados en un idioma que no conozco, ¡incluso los caracteres me son desconocidos, bien podrían ser sánscrito u ostrogodo!

- ¿Podría al menos saber de qué se trata? - tomo tiempo.

- ¿No confías? - me atraviesa de lado a lado con la sola luz de sus ojos esmeralda, que ahora se oscurecen hasta velarse de sangre.

- ¿No confías? - aumenta la dosis el Istrione Allampanato.

- ¿No confías en nosotros, querido? - es la voz enfadada de Mirtilla la que me hace sentir como una rata en una trampa.

- Si tengo que firmar de nuevo, al menos me gustaría saber de qué se trata - trato de explicarme.

- Bien, muy bien. Así se hace. Solo que tenía que pensarlo antes - continúa regañándome el Abogado.

- Debiste pensarlo antes - repite el actor de piernas largas. Mirtilla, en cambio, tiene el buen gusto de bajar la mirada y callarse.

- Ahora le ilustro la situación desde un punto de vista jurídico. Con su imprudente comportamiento de hace un momento, ha puesto en grave peligro la existencia misma del Teatro y de la Compañía a la que represento legalmente. Nos ha puesto a todos nosotros y, sobre todo, a sí mismo en manos de un vulgar especulador que prospera apropiándose de las *actuaciones* ajenas, ¡no! -

¡Oh, Dios mío, él también con ese maldito *no!*

Y continúa así: - Cuando este sinvergüenza se dé cuenta de que su voz no vale nada y que su letra son palabras vacías, porque tales son, ¿qué hará al ver que se le escapa toda posibilidad de ganancia? Yo se lo digo: tratará de vengarse llevándola a los tribunales para cobrar los daños. ¡Verdad! -

- ¡Claro que sí! - añade el Bufón Desgarbado: - Yo también haría lo mismo, ¡claro que sí! -

- Firme aquí, luego aquí y aquí. -

- Firme aquí, luego aquí y aquí. -

- Aquí, aquí, aquí - chilla Mirtilla golpeándome los pechos turgentes en la espalda, usándolos como topes para obligarme a inclinarme sobre el papel, mientras el Abogado me pone el bolígrafo en la mano y el Histrión Desgarbado empieza a sacudirme el brazo, garabateando por sí solo mi nombre en los papeles como por inercia.

Me despierto del sueño frente a la puerta de la villa por la que estoy a punto de salir. Flip me da vueltas ladrando y gruñendo como un auténtico perro guardián: me parece un moloso, aunque sé que es un saco de pulgas diminuto, un perrito faldero con un aspecto tan malo como un hámster que quiere hacerse el fuerte. Tengo un vacío de memoria, la mente vacila, no recuerdo qué pasó, cuánto tiempo ha pasado desde mi llegada. Solo sé que me voy tal como vine: con las manos vacías y sin ninguna certeza de una buena reseña de mi interpretación. Seguro que me dolerá el estómago cuando salga la crítica que me concierne. De todos modos, ya siento el dolor de estómago, en mis entrañas, las tripas se retuercen, empujan el botín que he engullido casi obligado a comer por una fuerza misteriosa e irresistible. El famoso *pedo del actor con la barriga llena* del que me ha instruido el Gran Crítico ahora se abre paso en mí, de repente sale de mí como un redoble de tambores acompañado por el contragolpe de una estruendosa caja. No puedo hacer otra cosa que bajarme los pantalones y liberarme lo antes posible del material inerte, inútil que me hierve la sangre después de la digestión de la comida. Un bonito arbusto de rosas recién florecidas me sirve de providencial pantalla. Incluso Flip deja de ladrar como respetuoso del producto de la naturaleza humana de la que todos somos capaces: la mierda, esa misma mierda que nosotros, los actores, siempre invocamos, metafóricamente hablando, como amuleto de la suerte y estado de gracia. Bueno, creo que tendré mucha suerte, si el superstición sobre el excremento humano alguna vez se confirma: de hecho, dejo un montón, igual en amplitud y consistencia que la sopa que me sirvieron en el almuerzo. ¡Puedo decir que he contribuido al abono biológico del jardín de la villa del Gran Crítico! Por fin libre de la carga interior, doy un zarpazo hacia la salida y me tiro detrás de la verja oxidada que se cierra detrás de mí con un golpe cavernoso y metálico que resuena por vibración a lo largo de todo el perímetro de la valla metálica de la propiedad.

8.

Y firmé. Firmé y refrendé todo lo que me pidieron que firmara, anotaciones y advertencias, notas y pliegos de condiciones, incluso lo que no entendía o no quería o no debía, ¡es decir, todo!

- Estamos a salvo - felicitó Mirtilla, tocándose el cuello.

- Ahora hay que brindar - propuso el actor de aspecto desgarbado.

La oferta fue aceptada inmediatamente por todos con entusiasmo, que hoy definiría como cuando menos sospechoso.

- Entonces, mientras nosotros ordenamos los papeles y cerramos el teatro, ve a la cafetería de enfrente y pide para todos. Enseguida nos reunimos. -

- Vamos, vamos, vamos - chistó Mirtilla de nuevo - me voy a poner guapa para ti, solo para ti. Quiero que me traigas una buena copa de prosecco con muchas burbujas chispeantes - y siguió susurrándome al oído - puedes echarme un poco en el escote y lamerme como una esponja. -

Claro, debería haberme preguntado si las esponjas se pueden lamer o chupar, pero en ese momento me dejé engañar.

- ¿Hora feliz para todos, verdad? -

- ¡Verdad! - dijeron todos al unísono, enviándome a pedir en el bar.

Así lo hice, sin sospechar nada. Me senté en la mesa de la barra, pedí una botella de prosecco, fría, por favor, con cuatro copas y algunos aperitivos. A medida que pasaban los minutos, comencé a picar un chip, luego dos, una aceituna, algunas pizzetas.

Grande fue mi sorpresa, pero debería haberlo esperado, cuando vi pasar rápidamente un coche que me pareció reconocer. Claro, era igual que el mío, el que había dejado en un aparcamiento prohibido la noche de la extraña nevada en Roma; y que mientras tanto había sido cubierto por el guano de los pájaros de mal agüero, por las hojas de los plátanos y por cientos, quizás miles de multas pegadas en todas las ventanas y en el parabrisas. Seguro que era mi coche, lo reconocí por la matrícula, muy parecida a mi fecha de nacimiento, por lo tanto, inconfundible. Pero estaba extrañamente reluciente, como nuevo. A bordo había cinco personas que no me costó mucho reconocer: el Flaco Impetuoso al volante, el Gran Crítico absorto en consultar un mapa de Roma en el asiento delantero, Mirtilla apretada en el asiento trasero entre el Abogado de la Compañía Teatral y el Agente Teatral, todos alegres como máscaras a bordo de un carro del carnaval de Río de Janeiro.

En el techo, bien asegurados por una cuerda al portaequipajes, los voluminosos requisitos teatrales que los *escaladores de montañas,* los actores errantes que pasan de una *plaza de* un pueblo perdido a otra ciudad, suelen llevar consigo. En lo alto del montón, la luminosa inscripción del letrero

TEATRO

Se habían apoderado de mi voz, de mi texto, de mis ideas dramatúrgicas, de mis propias palabras, de mi patrimonio personal, de mis propiedades y de mi coche, dejándome con las cuotas aún por pagar. ¡Sin tener en cuenta la cuenta del bar! Los vi desaparecer en la noche y levanté con tristeza la copa de prosecchino para brindar por su astucia y mi porquería de ingenuidad.

Me consuela pensar que probablemente no fui el primero ni seré el último en caer en la ilusión y en los sueños de gloria que hace parpadear el teatro y que siempre terminan haciéndote pagar todo.

El camarero que me atiende en la mesa, vuelvo a la actualidad para que se entienda lo mucho que la quemadura aún me arde en carne viva, me mira con cierta compasión intuyendo la situación y me entrega la cuenta (que por cierto no sé cómo pagar ya que se han quedado hasta con las últimas monedas de mi cartera) con una sonrisa reveladora:

- A usted también le han jodido, ¿verdad? -

Al oír por enésima vez esta frase, que ya me resulta odiosa e insoportable, *me giro* de repente para reaccionar, pero me quedo paralizado al ver que una fila de acreedores enfurecidos, que se quedaron con la boca seca por el cierre repentino del teatro, se acerca a mí por detrás del camarero.

9.

¿Acabado aquí?

¿Ahogado en un mar de deudas?

Perseguido, maltratado e insultado por los acreedores que han sido engañados por el Istrione Allampanato, al que ingenuamente han proporcionado servicios y víveres, materiales y todo lo demás sin Perseguido, maltratado e insultado por los acreedores que han sido engañados por el Histrión Desgarbado al que ingenuamente han proporcionado servicios y víveres, materiales y todo lo demás sin cobrar *en efectivo* en el acto, como dicen en Roma, refiriéndose al pago al *contado* y no a *toro muerto,* es decir, nunca. Ni en sueños. ¡Santo cielo! Nunca me ha gustado el teatro, pero no niego que me haya empezado a gustar. Puede ser que satisfaga mi narcisismo, ¿quién sabe? O puede que me haya empeñado en ello por una cierta atracción erótica hacia la dulce doncella que se llama así, o se llamaba, ya que se ha esfumado junto con sus cómplices teatreros, Mirtella: una más pícara que las demás.

¡Maldita sea! La rabia que hierve en mis venas se monta como nata montada, se desborda, se convierte en una montaña. ¿Tengo que pagar yo por los cuatro o cinco estafadores a los que he tenido la mala suerte de unirme por inexperiencia y escaso conocimiento del mundo del espectáculo, en el que no se puede confiar en nadie, ni siquiera en uno mismo? No soy tonto, sí loco, pero no bobo. No, no me quedo así, me rebelo ante este destino de *cornudo y apaleado* que parece ya escrito para mí, como un guion tetral del que yo sería, a pesar mío, el protagonista: el que recibe golpes y patadas en el trasero. El típico personaje de *¡adelante, idiota!* Así que, con una intuición genial, saco de la chistera un *golpe de cola,* un gesto desesperado que desconcierta a la multitud de acreedores que ya creían verme batir en retirada, huyendo temerosamente. Sí, en lugar de huir, de salir corriendo, me subo al taburete y empiezo a arengar a la multitud que me rodea amenazadoramente:

- Señores, calma. No deben enfadarse conmigo, yo también soy una víctima de estos sinvergüenzas. Se hacen pasar por gente de teatro, por animales de escenario, pero créanme, son solo animales, bestias, especímenes de zoológico. El arte dramático no tiene nada que ver. A ustedes les deben dinero, solo vil pecunia, a mí me deben aún más. Me han robado la cartera, los ahorros, la casa de propiedad, el coche, se han llevado todo, incluso mi alma. Prácticamente me dejaron en calzoncillos. Si no hubiera llevado puesto el traje de escena antes de que desaparecieran en la nada, ahora estaría aquí hablándoles con el pene fuera y las nalgas al descubierto, expuesto a las torturas más atroces de una masa enfurecida como ustedes. Por lo tanto, si ahora me ven vestido como un payaso, sepan que no lo soy, ¡no, señores!, no soy un payaso como parezco tan vestido. Así que si no queréis ver cómo se desvanece la esperanza de ser indemnizados, reembolsados y compensados por vuestros suministros, servicios y prestaciones, hacedme caso: soy uno de vosotros a pesar de las apariencias, confiad en mí. -

- ¿Y por qué deberíamos confiar? - se levanta una voz del coro.

Me tomo tiempo para replicar con una respuesta sensata que, de todos modos, ya tengo en la punta de la lengua. Solo quiero hacerla colgar de mis labios por un rato para resultar más convincente, como si mis palabras surgieran de una larga reflexión y no de consideraciones improvisadas.

- Porque no tenéis nada que perder, al menos no más de lo que ya habéis perdido. Y luego siempre tendréis tiempo de darme una lección de moral si mi plan fracasa. -
- ¿Cuál es el plan? - insiste la voz.
- Me haré financiar por el Ministerio de Cultura para saldar todas vuestras deudas. -
- ¿De verdad? - preguntan varias voces al unísono.
- Por supuesto, me lo deben. Hago o no hago una actividad que da lustre a mi país, realizo o no realizo una tarea de difusión de la cultura, me comprometo o no me comprometo a que emerjan los verdaderos valores del espíritu, me gasto o no me gasto para que los jóvenes no se droguen en la calle, no se emborrachen en las discotecas, no se dejen llenar la cabeza de tonterías de películas basura, etcétera, etcétera?
¡Etcétera, etcétera! gritan todos al unísono dándome palmaditas en los hombros, algunas demasiado violentas, a decir verdad, como para advertirme: cuidado, que por poco te llevas un par de bofetadas de verdad. Golpe tras golpe, me siento como una especie de líder, al frente de un ejército de crédulos, vestido y maquillado como un payaso, que sería mi disfraz de escena, el único que me queda para no ir por ahí con un traje de Adán... Bueno, así vestido creo que no causo una impresión majestuosa y real, de hecho, cuando grito mi grito de guerra *¡Todos conmigo, todos juntos al ministerio!*, veo que las filas se rompen, se adelgazan y al final me quedo solo con un montón de facturas sin pagar, requerimientos, apercibimientos y todo lo demás que los impacientes acreedores me han endilgado por todas partes.
Me dirijo al Ministerio de Cultura, no puedo pagarme un billete de autobús, y mucho menos un taxi. Con ese aspecto, ¿qué taxista me recogería? A lo mejor una ambulancia de la Cruz Verde, la de los locos. Y como un loco empiezo a darle

vueltas por el camino. El teatro, el Teatro con mayúscula, es como una enfermedad infecciosa: te la contagian los demás, no hay nada que hacer. Basta un estornudo, un ataque de tos, un suspiro y te entra como un virus incurable, inextirpable, resistente a cualquier tipo de antibiótico, medicamento, poción, solución, preparado, compuesto o ungüento. Circula libremente por la sangre, atacando primero los ganglios nerviosos, luego los órganos principales, después el corazón y, finalmente, asciende al cerebro apoderándose del sistema neuronal. Acaba vegetando en un estado de alteración emocional perpetua y febril, similar a un enamoramiento furioso del que no hay esperanza de contentarse con una caricia o algún inocente beso: ¡hay que ir al grano!

- Pues ríndete - me condena a este destino de perdición y anulación de la razón el hombre calvo con uniforme de ujier que está a punto de registrar mi solicitud de financiación en el Ministerio de Espectáculos, el MIPUSPET por decirlo con un acrónimo, blandiendo en su puño un sello seco con el que amenaza con golpear al azar como .

De hecho, me he decidido a presentar una solicitud de subvención para continuar con mi actividad teatral, pero la actitud del personal encargado de recibirme, en concreto una larva de hombre que sabe de teatro y arte tanto como yo de astrofísica, no me hace tener muchas esperanzas en el buen resultado de la solicitud. Que, por cierto, tuve que rellenar perdiendo un montón de tiempo, presentando un montón de papeleo, rellenando un montón de formularios, adjuntando no sé cuántos documentos, recibos, fotocopias, certificados.

Sin embargo, mi odisea merece ser contada. ¿Cómo terminé poniéndome en manos de este *homúnculo* que cree que puede ejercer algún tipo de poder solo porque le han puesto un sombrero sucio con visera en la cabeza?

Llego a la recepción a las 11:05, dos mujeres charlan detrás del cristal, después de un rato fingen que no se han dado cuenta y una se acerca al cristal divisorio, no tengo tiempo de hablar que suena el teléfono y se aleja, después de 2/3 minutos la compañera finge no haber visto que la otra se ha apartado y habla animadamente, Antes de que yo abra la boca, me pide un documento de identidad. Después de eso, logro explicarle el motivo de mi visita, pero ni siquiera me deja terminar y me invita a ir al segundo piso a la oficina de solicitudes. En el segundo piso, en un largo pasillo donde en cada habitación hay al menos dos empleadas que hablan animadamente entre ellas, no encuentro la oficina en cuestión, así que tímidamente llamo a la puerta de una habitación donde hay otras mujeres que hablan de sus cosas. Inmediatamente me dicen que vaya al tercer piso. En la tercera planta, la misma historia: un murmullo femenino generalizado, pero una de estas señoras, con aire maternal, me comunica que la oficina que busco está en realidad en la segunda planta, pero oculta por un armario divisorio. Bajo de nuevo a la segunda planta, siempre a pie, porque el ascensor para el público está averiado, solo funciona el de los directivos y funcionarios. De hecho, por una puerta entreabierta veo a dos policías vestidos de civil y una inscripción con un rotulador que me confirma que se trata de la oficina que estaba buscando. Los dos no me reciben con entusiasmo, pero cuando les digo que sus propios colegas me han recomendado ir allí, se vuelven casi afables... Eh, pero la oficina de protocolo está en el entresuelo. Después de un pasillo tortuoso encuentro otra inscripción a bolígrafo en una hoja sucia pegada con cinta adhesiva, es prácticamente ilegible. Dentro de la habitación hay cuatro personas, dos mujeres que hablan entre ellas (creo que hacerse con los *hechos propios*, como se dice en Roma, es una orden de servicio), un tipo frente a una máquina de escribir Olivetti de los años 70 que pulsa las teclas muy lentamente y un empleado que lee el *Corriere dello sport*. El cual, escuchado, bondadoso, me comunica mi problema con aire de suficiencia y también un poco molesto por la interrupción de la lectura, que estas solicitudes deben presentarse en la portería, es decir, en la planta baja por la que he entrado.

Así que me presento de nuevo al portero.

- Da vueltas y vueltas -sonríe al verme regresar- siempre vuelven todos aquí, al punto de partida. -

- ¿Usted sería el punto de partida o el de llegada? ¿O tal vez el andén muerto? - hago el gracioso.

- Depende - responde con una mueca que me hace entender la relación de fuerzas entre nosotros dos.

- Estaba bromeando - trato de reparar el error de haber subestimado su poder y el significado del sombrero militar con visera.

Sonríe, sopesa mi documentación. Me lanza una mirada irónica como diciendo: ¿eso es todo? Se levanta el visor que tiene bajado sobre la frente sudorosa, me doy cuenta de que hace un calor bestial. Las calefacciones disparan calorías como volcanes en erupción. Un gran forúnculo en la sien izquierda parece un chichón o el cuerno de un fauno. El *homúnculo* también tiene uno en la sien derecha, que se me revela cuando se rasca también en el otro lado. ¿Serán cuernos? ¿Habré terminado en el infierno antes de estirar la pata? ¿O ya estoy muerto, al menos en el orden del MIPUSPET, el acrónimo del Ministerio de Espectáculos del que ya no puedo esperar nada?

- Está enfermo, ¿sabe? Gravemente enfermo de la peor enfermedad del mundo: el teatro. Una muy mala intoxicación del espíritu, si me permite. -

- No lo entiendo - le invito a explicarse sin rodeos. Después de todo, no he venido hasta aquí para que se burle de mí ni para escuchar sus filípicas, arengas y sermones varios.
- Usted cultiva la vana esperanza de poder conseguir su medicina, su elixir, su antídoto, un modesto placebo en forma de un modesto ingreso de dinero en su cuenta corriente, que pueda aportar nueva savia vital a su irrisoria... sí, permítame decirlo, irrisoria e invisible (porque nadie, pero nadie en absoluto la conoce) actividad teatral. Pero, suponiendo que le concedan un premio a la producción, ¿sabe realmente lo que está haciendo? - Sacudo la cabeza irritado por esas insinuaciones arteras sobre el nivel y la calidad de mi compromiso artístico. - ¿No? Entonces se lo diré yo: ¡está firmando un verdadero pacto con el diablo, amigo mío! -
- ¡¿Yo?! -
¡Por supuesto! Está a punto de firmar el certificado de defunción de la creatividad y la experimentación de nuevas formas expresivas en el campo teatral.
En resumen, este tipo empieza a soltar sentencias como si fuera el jefe del departamento que debe examinar mi solicitud. Solo nos falta que salga un *verdadero monstruo* de su boca y estaremos listos, completos, cerrando el círculo vicioso que une a todos los teatreros en un único ser monstruoso con serpientes que se muerden entre sí en lugar de pelo. Sin embargo, más que una aterradora Medusa tentacular, el monstruo con el que hablo parece un inofensivo duende de jardín. Una criatura que se alimenta de otro tipo de veneno, un veneno mortal llamado *burocracia:* con él, y no con la mirada, incinera a los solicitantes imprudentes, como yo, en el MIPUSPET. Apuesto, o mejor dicho, sospecho que ha recibido una orden perentoria: ¡disuadir, confundir, decepcionar, cortar piernas y esperanzas!

- Usted es nuevo en el ambiente, *¿verdad?* -

¡Y que lo digas! - ¿Verdad qué? - Lo desafío.

- Una forma de decir de nuestro ambiente, quiere decir... -

- Sé muy bien lo que quiere decir - alzo la voz. - Todos me lo repiten, nevvero por aquí y nevvero por allá. Entonces yo también lo digo, nevvero, me apropio del término porque yo también formo parte de la casta, del lobby, del ambiente, del circuito, del grupo, del partido, del oficio, de la *pandilla* o, para ser más precisos, ¡del *carro!* -

- Entonces, ¿es consciente del riesgo que corre? -

- No lo sé. Dígamelo usted. -

- Te obligarán a cambio de una miseria a rendir cuentas de todo, a perderte en un laberinto de cuentas y recibos, facturas y recibos, a contar las pausas y las respiraciones, así como a adaptarte a sus criterios fiscales y meramente contables que nada tienen que ver con el arte verdadero y libre. De hecho, ellos, los *burócratas,* son sus enemigos más obstinados. Se perderá en un mar magnum de cajas, registros, formularios, informes, permisos, autorizaciones, licencias, declaraciones de habitabilidad, de responsabilidad, de congruencia, autorizaciones, declaraciones de la renta, modelos de IVA, impuestos, molestias fiscales... al final del carrusel no sacará ni una araña del agujero como artista. -

- Ya entiendo. Por lo que más quiera, su tarea es hacerme desistir de intentar obtener un reconocimiento económico, aunque sea para recuperar los gastos. ¿Sabe qué le digo? Tiene razón, porque en el teatro en vivo, en el verdadero *vivo,* solo están los gastos. Por eso también se dice *espectáculo en vivo,* por los gastos que se hacen para mantenerlo vivo y no precisamente por la contemporaneidad de este mohoso Tiempo de Melpómene.

¿Y quién es esta Melpómene?

La musa de la dramaturgia, ignorante.

Esboza una sonrisa y me liquida haciéndome señas para que me mueva con un *adelante el próximo*.

- Disculpe - lo obligo a volver a prestarme atención - ¿al menos puede decirme cuándo sabré algo sobre el resultado del trámite? -

Abrió los ojos como un pavo perseguido por un zorro: - ¿Qué trámite? -

¿Se está burlando de mí? - El que acaba de protocolar frente a mí, ¡el mío, por Dios! -

—Amigo mío —dice en tono confidencial—, aquí no se protocoliza un accidente, sino que se archiva. La práctica es la siguiente: para pasar del archivo al protocolo, el expediente debe activarse mediante el instituto de *llamada*. Eso sería, en pocas palabras, un interés por parte de la oficina competente que responde al superintendente de sección que depende de la dirección general. Imagínese un edificio de varios pisos: ¿cómo sube algo que está abajo? Yo se lo digo: coge el ascensor. Pero solo el director general tiene las llaves del ascensor. Así que es él quien debe llamar el expediente desde las plantas bajas a las altas, desde el archivo al protocolo. Sin embargo, esto no ocurre automáticamente, como ingenuamente espera alguien, en este caso usted, sino solo si y cuando quiere quien quiere y, sobre todo, quien *puede*. Por eso se define *al general* como director general. También lo dice Dante: *así se quiere donde se puede, y no preguntar más.* -

- Y yo, en cambio, pregunto, en la cara de Dante Alighieri: ¿cómo se despierta el interés de aquel que todo *puede hacer* cuando quiere? -

- Simple, amigo mío: interesándolo en persona. -

- Entonces, interéstenos - le interrumpí bruscamente - y concierte una cita conmigo. -

- No hace falta cita. El director general recibe todos los viernes en el baño turco del centro de masajes y *fitness que* está justo enfrente de la entrada de este Ministerio de Espectáculos. Hoy es viernes, así que dese prisa si quiere interceptarlo para interesarlo físicamente antes de que se interese en algún otro asunto más urgente. -
Estoy un poco desconcertado.
- Quíteme una curiosidad: ¿lleva los documentos al baño turco? -
- No los documentos -me mira fijamente lanzándome un guiño de complicidad-, sino a los practicantes. -
Se le dibuja en el rostro una sonrisa maliciosa que le da el aspecto de una *Mona Lisa* poco leonardesca, sin pelo y con bigotitos, pero muy elocuente, un gesto que podría significar todo o nada, o más bien que lo dice todo sin explicitar nada. Por Dios, que el director general de una oficina pública reciba en traje adamítico en el baño turco de un centro de masajes privado a los demandantes durante el horario de oficina, ¡vaya, chicos míos!, podría hacer surgir algunas dudas sobre la corrección y legalidad del procedimiento. Pero bueno, en el teatro siempre hay que saber hacer buena cara a mal juego. Por lo demás, ahora al menos he entendido de dónde viene el término *dramaturgo,* del baño turco donde se desarrolla el drama de la financiación de las artes. Entonces debería decirse: ¡drama-turco!
Parezco un turco con una toalla blanca ceñida a la cintura, el pecho velludo a la vista y un turbante blanco en la cabeza. Entro desnudo en el baño, avanzando a tientas, rodeado por una densa nube de vapor que se me pega y me hace gotear gotas de sudor desde la frente hasta los ojos enturbiados.
- ¿Director? - murmuro para no perturbar el silencio envolvente de ese ambiente que parece un girón dantesco. Así

es como se me revela de repente cuando veo dos figuras humanas, probablemente masculinas, entrelazadas en el banco de mármol, para luego desaparecer en la nada como fantasmas. ¿Dónde he ido a parar, señor director general? -insisto con un tono de voz un poco más alto, esta vez para que me oiga con más claridad.

-¿Quién me busca? -retumba una voz desde el fondo de la niebla.

-Perdone, estoy asustado, pero me han sugerido que le moleste aquí para hablar de mi solicitud de financiación. Soy un actor de teatro que... -

No tengo tiempo de terminar la frase cuando recibo un bofetón que cae con bastante violencia en mi rostro, tomándome por sorpresa: - ¡Qué bueno, un actor de teatro! - y una carcajada estruendosa - ¡¿No es cierto?! -

El «¿no?» se disuelve en el vapor húmedo como la silueta de mi abofeteador. Me pongo a la defensiva, por si me llega otro «¿no?» acompañado de otro graznido. Siento un golpe en el hombro, me giro y ¡«¿no?» el segundo golpe cae sobre mi mejilla enrojecida. Caramba, es ese sinvergüenza del Istrione Allampanato que se parte de risa y luego se sumerge en la niebla. Y mientras lo busco, me llega claramente otro *nevvero* en forma de patada en el culo: el que se ríe en mi cara es nada menos que el Gran Crítico, también vestido de humo como el *Perelà* de Palazzeschi. Luego no podía faltar Mirtella con un pellizco y el abogado buitre, y el camarero, y los espectadores con muchos «*nevvero*» y sonoros bofetones como un aplauso que me hacen girar la cabeza. Solo falta Stefanino Pironzio, que se me había propuesto como agente teatral. Pero un «*nevvero*» más fuerte que los demás me confirma con un cabezazo que él también está ahí. ¡Qué dolor!

Y luego la gaviota que me caga en la cabeza y el flip, el feroz canino que me muerde las pantorrillas.

Luego más golpes y ¡cuántos *de verdad*, todos a la vez! Cuántos aplausos y palmadas... me pitan en los oídos, o son pitos reales como si fuera el público el que me pita al unísono. Pitos que me hieren los tímpanos, pitos vergonzosos de un público de mierda, ¡sí, público de mierda! Grito antes de perder el sentido.

* * *

Toc toc toc. Entreabro lentamente los párpados y veo un rayo de sol que casi me ciega. Estoy sentado al volante de mi coche. A mi alrededor, el tráfico ha vuelto a fluir. Toc toc toc. Alguien llama a la ventanilla, es un hombre vestido de agente de tráfico.

- Circulen, circulen - ordena - ¿no ve que el tráfico se ha desbloqueado? -

- ¿Ha dejado de nevar? - me informo frotándome los ojos.

- Por suerte, en Roma casi nunca nieva, pero cuando lo hace, lo hace... ¿verdad? -

Me sobresalto en el asiento. ¿Él también *verdad?*

Enciendo el motor y me dispongo a maniobrar para salir del aparcamiento y abandonar para siempre este sueño, o mejor dicho, este infierno, esta maldición infernal en la que me he hundido como un sonámbulo que cae en un abismo sin fondo. Pero mi atención es atraída por un cartel de publicidad teatral con el título de la *obra de teatro* de la noche: EL INGENUO SOY YO. Y soy yo precisamente el que aparece en el centro de la foto, rodeado de todos los personajes de esta extraña aventura que se repite hasta el infinito como un freudiano *coacción a repetir.*